U0026005

C'est bon !

超分解

每天都用得到的法語會話

真正理解會話的原理，法語順口說就很溜！

中田俊介／著　潘貞璇／審訂　鄭翠婷／譯

歡迎來到法語的世界
France
Mont St-Michel
Bienvenue !
歡迎！
Alsace
Paris
Bonjour !
日安！
Ça va ?
你好嗎？
Loire
Salut !
嗨！
Nice
Bordeaux
大家是否聽過在這裡出現的法語呢？請先試著從簡單的打招呼開始說說看吧！
Merci !
謝謝！

Bon appétit !
用餐愉快 ！
Bon voyage !
旅途愉快！
C'est bon !
真好吃！
S'il vous plaît !
拜託了！
Voilà !
好了 ！
CAFE

法國是這樣的國家！

聽到法國，大家會聯想到什麼？以服裝、鞋子與手提包引領流行的時尚國度；葡萄酒、起司、麵包、甜點舉世聞名的美食王國；在繪畫、舞蹈、文學等方面精彩紛呈的藝術之國；足球、橄欖球等職業運動盛行的運動聖地，即使身處我國，也能接觸到法國的各種面貌。

幾乎是全世界最多人閱讀過的法國著作《小王子》裡，頻頻出現douceur這個詞彙，douceur的字義有甜美、溫柔、舒適等等。法國人追求「douceur de vivre」，也就是生活的甜美與樂趣。前面提到法國的種種面貌，說不定也顯示了他們對待人生的態度。

藉由學習法語，更切身地感受法國風情，或許你也會更加體會屬於法國風格的douceur。

法語是這樣的語言！

曾聽過許多來自不同國家的人說：「法語聽起來很優美」。這也許代表法語之美是一種普遍的共識。而法語的特徵又是如何發展建構而成的呢？

法語源自於古羅馬人使用的語言：拉丁語，在接觸到昔日生活於現今法國領土的居爾特民族語言，與後來入侵當地的日耳曼民族語言後建構而成。特別是與後者的北方民族語言融合，賦予了法語如義大利語、西班牙語等系出同源的姊妹語言所沒有的獨特音色及結構。

加拿大魁北克地區及非洲多個國家都用法語溝通，語言的使用人口多達一億人以上。學會如何說法語，不只在法國，更能因此獲得與世界各國人士展開交流之鑰。

開始學習法語吧！

面對接下來即將進入的法語新世界，正在閱讀這本書的讀者們想必都感到雀躍不已。另外，應該也有很久以前學過卻已遺忘，想重頭學習法語的讀者；或是以前學習時遭遇挫折，現在準備再次挑戰的朋友。

無論想學習的契機是什麼，我撰寫這本書的目的，是希望幫助有意學習法語的朋友順利起跑。如同書名「每天都用得到的法語會話」所示，書中內容致力於盡可能簡單易懂地介紹語言結構，讓大家得以盡快掌握運用。例如到餐廳吃飯時會用到的說法及單字、預約餐廳時的互動對話、機場安檢情境等等，書中的會話與範例文章皆是以出國時實際會遇到的情境為中心編輯而成。

雖然致力於「簡單化」，不過被人們應用在生活中所有用途上的「語言」，實際上不可能以「簡單」告終。我經常覺得，學習語言就和練習樂器或運動一樣，不只靠頭腦理解，每天一點一滴孜孜不倦地累積努力，透過反覆練習使身體也逐步產生記憶同樣是不可或缺的一環。

對於非母語人士的我們而言，法語的結構有時候會顯得十分複雜，在碰到這種情況時，成為讀者們的「緩衝器」是本書的目標。希望教學內容中的「學習重點看這裡！」與分散於各處的對話框提示，能夠協助大家跨越在學習上不時碰到的困難。除了考慮到實用層面外，書中也蒐羅了許多有趣又常見的單字及表達方式。

如果本書可以成為大家與法語及法語相關世界更加親近的契機，就是我身為作者最大的喜悅。

中田俊介

本書特色及使用方式

✓透過各種情境的會話，挑戰法語！

本書設定了各式各樣的情境，以會話形式介紹在該情境下常用的句子，並針對會話所需的文法進行重點解說。只要掌握基礎，即可大幅加深對於法語的理解。

MP3下載

各種情境主題

將符合情境的描述以標題呈現，情境設定一目瞭然。

會話輕鬆上手

一開始不必在意文法，先試著閱讀簡短、輕鬆的法語會話。參考標明拼音與名詞陰陽性的逐字翻譯，掌握意義及發音。

MP3音檔

音檔中聽得到在會話與基本例句中出現的句子，收錄了慢速與正常速度兩種版本的會話。

※請掃描本頁右上方條碼，或於網址：https://goo.gl/PqXiGM下載MP3音檔，並搭配可播放的器材使用。

基本例句

介紹能夠實際應用在「學習重點看這裡！」單元學到的內容、跟情境相關的表達方式，提升口說能力。

---

16 什麼樣的人？什麼樣的東西？ MP3 32

修飾名詞的形容詞位置

dialogue A 保羅和賽西兒在談論他們的日本朋友。

Paul

我有一位日本男性朋友。

J'ai un ami japonais.

我 有 一名 ⓜ男性朋友 日本人

Cécile

我也有一位日本女性朋友。就是那邊穿米色大衣的那位。

Moi, j'ai une amie japonaise.

我 我 有 一名 ⓕ女性朋友 日本人

La voilà, en manteau beige.

她 在那邊 穿著 ⓜ大衣 米色

Attention ＊學習重點看這裡！

一般的形容詞位置

冠詞等 ＋ 名詞 ＋ 形容詞

到目前為止，我們學到了作為句子述詞來形容主詞的形容詞使用方法。現在，來學習例如「熱騰騰的湯」中的「熱騰騰」一般，修飾名詞的形容詞用法吧。

在中文和英語中，形容詞會放在名詞之前，但法語的順序卻是相反，形容詞通常置於名詞之後。

086

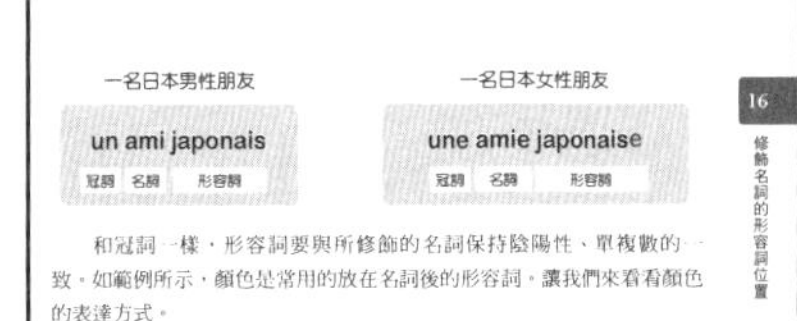

一名日本男性朋友

un ami japonais

冠詞 名詞 形容詞

一名日本女性朋友

une amie japonaise

冠詞 名詞 形容詞

和冠詞一樣，形容詞要與所修飾的名詞保持陰陽性、單複數的一致。如範例所示，顏色是常用的放在名詞後的形容詞。讓我們來看看顏色的表達方式。

16 修飾名詞的形容詞位置

examples ＊基本例句

她穿著粉紅色的衣服。

Elle porte un vêtement rose.

她 穿著 一件 ⓜ衣服 粉紅色的

remplacement! 替換這裡的單字！

顏色

黑色的	noir	綠色的	vert
	noire		verte
藍色的	bleu	紫色的	violet
	bleue		violette
灰色的	gris	黃色的	jaune
	grise	紅色的	rouge
白色的	blanc	米色的	beige
	blanche		

另外，像是下一頁會話中出現的「新的」等幾種形容詞要放在名詞之前。這是常用的形容詞，請記起來。

087

學習重點看這裡！

以圖解及文章詳細解說希望讀者掌握的重點。簡單易懂地介紹句子的結構，在實際口說時也能加以應用。

替換單字表

刊載許多可以在相同情境下使用的實用單字，用來替換會話或是基本例句中的單字。

透過聆聽母語人士的發音，挑戰法語的「說」與「聽」！

本書的重點是放在「說」與「聽」，MP3音檔內搭配中文收錄了母語人士錄製的法語對話。情境會話部分更收錄了2種速度的版本，讓讀者們能透過不同的速度，確實地將句子學起來。請各位讀者仔細聆聽MP3，以學會自然的法語發音。

STEP1 慢速版本──首先聽法語的慢速發音版本。跟著MP3練習發音，習得法語的「口說能力」。

STEP2 一般速度──接著播放速度較快、只有法語的情境會話。透過聆聽自然速度的發音，培養出法語的「聽力」。

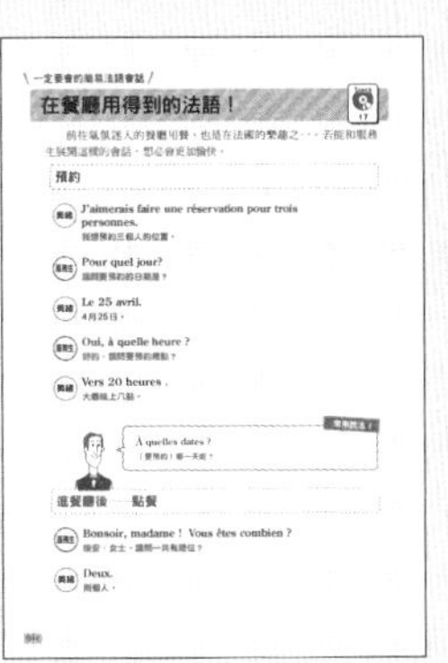
一定要會的簡易法語會話

在餐廳用得到的法語！

預約

J'aimerais faire une réservation pour trois personnes.
我想預約三個人的位置。

Pour quel jour?
請問要預約的日期是？

Le 25 avril.
4月25日。

Oui, à quelle heure ?
好的，請問要預約幾點？

Vers 20 heures .
大概晚上八點。

À quelles dates ?
（要預約）哪一天呢？

進餐廳後──點餐

Bonsoir, madame ! Vous êtes combien ?
晚安，女士，請問一共有幾位？

Deux.
兩個人。

簡易會話

模擬在餐廳用餐、購物、逛街的3種情境，學習較長的互動對話，並刊出餐點名稱與法國服裝尺寸、觀光景點等在各個情境中所需的資訊。請配合MP3音檔試著練習。

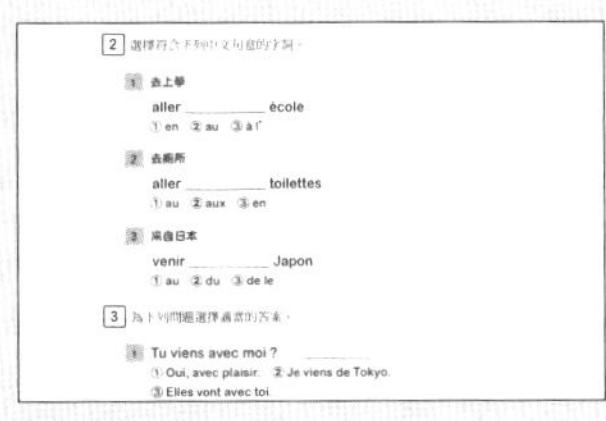
2

1 去上學

aller ________ école
① en ② au ③ à l'

2 去廁所

aller ________ toilettes
① au ② aux ③ en

3 來自日本

venir ________ Japon
① au ② du ③ de le

3

1 Tu viens avec moi ? ________
① Oui, avec plaisir. ② Je viens de Tokyo.
③ Elles vont avec toi.

練習題

透過填空及選擇題等各類題型做複習，幫助大家牢記所學的內容。

column

Française? française ?

她是法國人。

Elle est française.

那個人是法國人。

C'est une Française.

一定要會的實用表達方式

社群網站及手機可用的簡稱、表情符號

bonjour. = bjr
日安。

bonsoir. = bsr
晚安。

À plus. = A+
待會見。

A un de ces quatre. = A12C4
下次見。

s'il vous plaît. / s'il te plaît. = svp / stp
拜託您了。

專欄

諸如法語的特色等等，提供許多讓學習變得更加愉快的情報。

一定要會的單字／表達方式

從數字與日期等名詞到口語化的表達方式，將介紹必學的法語。

習得重視發音的流暢法語！

本書的「初學的第一步」章節中，將詳盡說明法語不同於中文或英語的發音。請配合MP3音檔，試著一個音節一個音節地讀出來。除了「初學的第一步」及正式學習的內容之外，MP3音檔也收錄了許多專欄中出現的單字與表達方式。另外，書中的對話框提示等等也記載了發音應注意之處，自然地進行複習進而掌握訣竅。

初學者也能安心地專注學習！

為了將文法說明保留在最低限度並一目瞭然，本書做了以下的設計。

以符號標示詞類。動：動詞　名：名詞　形：形容詞　代：代名詞　前：前置詞

疑：疑問詞　副：副詞　句：句子　陽：陽性名詞　陰：陰性名詞　複：複數名詞

單字、短句列表則以顏色作區分。□ ＝ 陽性名詞、形容詞的陽性詞形　□ ＝陰性名詞、形容詞的陰性詞形　□ ＝主要以複數形使用的名詞、陰陽同形名詞／形容詞與句子等等

目次

動詞變化表・常用單字表

初學的第一步

想嘗試講法語，請先接觸本章節將要介紹的法語獨特發音及文法規則。一邊感受法語和中文及英語的差異，一邊試著唸出書中整理的問候表達方式，激發你的學習熱忱。

字母的唸法

法語字母

法語字母（alphabet）和英語一樣為26字，但發音與英語不同。以下列出的法語字母下方記載了音標。由於唸法不同於英語，請聆聽MP3光碟並試著發音看看。

A a	B b	C c	D d	E e	F f
[a]	[be]	[se]	[de]	[ə]	[ɛf]

G g	H h	I i	J j	K k	L l
[ʒe]	[aʃ]	[i]	[ʒi]	[ka]	[ɛl]

M m	N n	O o	P p	Q q	R r
[ɛm]	[ɛn]	[o]	[pe]	[ky]	[ɛʁ]

S s	T t	U u	V v	W w	X x
[ɛs]	[te]	[y]	[ve]	[dublve]	[iks]

Y y	Z z
[igʁɛk]	[zɛd]

變音與連接符號

法語字母共有以下幾種符號。由於變音符號和英語的重音不同，讓我們來看看各個符號代表什麼意思。

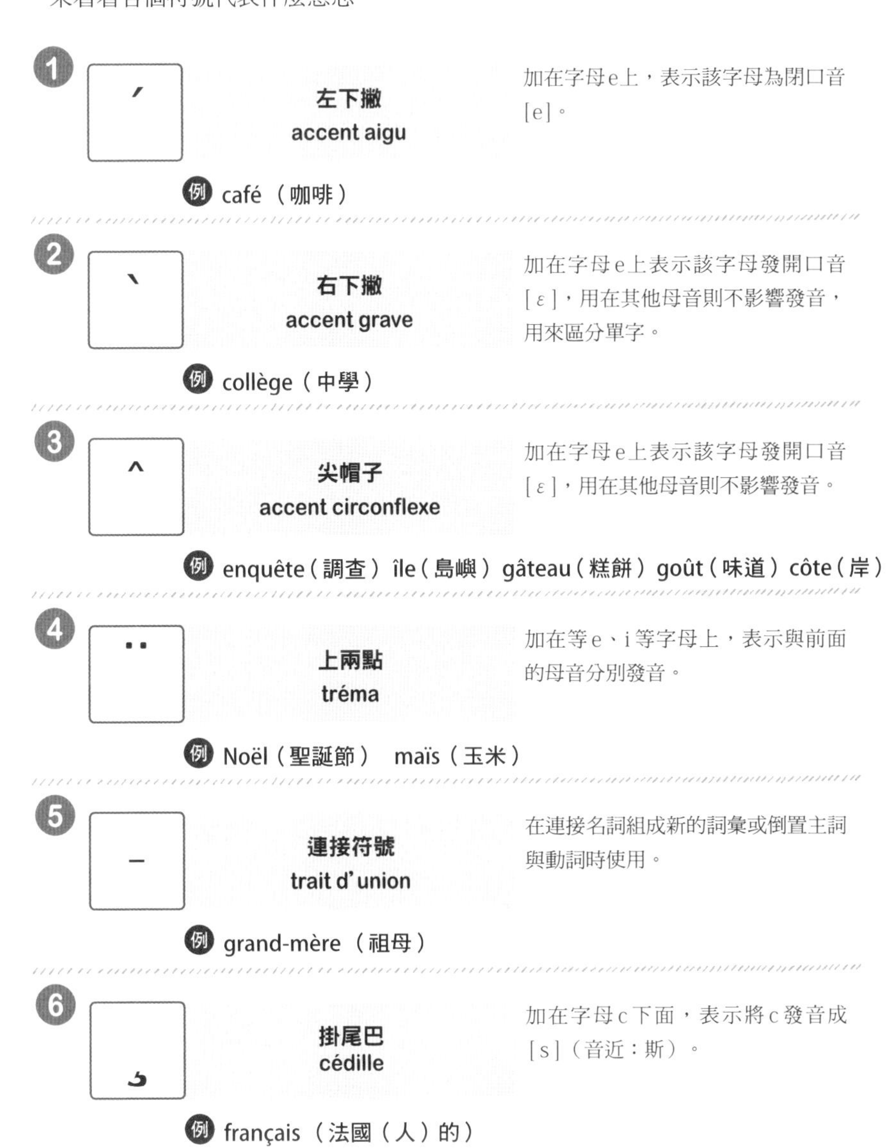

拼字但不發音的字母的3大重點

在法語中，有些字母雖然寫出來但並不發音。如果錯誤地發了音，有時會導致交談對象聽不懂你說的話，請多加注意。

1 字尾的子音不發音

在法語中，字尾的子音原則上不發音。

例 pied（腳） Paris（巴黎） chocolat（巧克力）

grand prix（大獎賽） riz（米）

不過，c、f、l、r 這些字母發音的情況頗多。請記住這些包含在英文單字careful內的子音。

例 parc（公園） chef（長官） ciel（天空） finir（結束）

2 字尾的e不發音

無論前面的字母是子音或母音，字尾的e都不發音。請注意別讀成[e]音。

例 tomate（番茄） Italie（義大利）

3 h不發音

無論出現在名詞的任何位置，字母h都不發音。

例 hôtel（旅館） silhouette（剪影）

連接詞語的3項規則

以下的3項規則，在連續發音兩個以上的詞彙時十分重要，同時對於聽懂法語的意思也有重要的幫助，請大家充分地理解並確實加以掌握。

❶ 連音　enchaînement

把字尾子音和下一個詞彙的開頭母音合讀的規則。適用於以子音結尾的詞彙後面接著以母音開頭詞彙的情況。視連音而定，兩個詞彙聽起來會是相連的。

避免不連音而
發音成
Il abite à paris

❷ 聯誦　liaison

唸出原本不發音的字尾子音，和下一個詞彙的開頭母音合讀的規則。適用於字尾是不發音子音，而後面接著母音開頭詞彙的情況。

注意des的字尾
子音s要發成
濁音的[z]

❸ 母音省略　élision

有幾個簡短的單字，碰到下一個詞彙以母音開頭時，會省略前面單字字尾的母音，並以撇號「’」（apostrophe）連結下一個詞彙，串連發音。這種單字有je（我）、le、la、de（冠詞）等等。

je + ai → j’ai　　la + école → l’école
我　有　　那所　學校

母音與子音的發音

法語具有許多中文裡沒有的發音。本單元將使用發音符號進行說明，好讓讀者能夠準確並更為清晰地發音。

讓我們學會如何說一口流暢的優美法語吧。

母音

法語有14個母音，區別起來並不容易。不過，若好好留意①嘴巴張開的寬窄程度、②舌頭前伸還是內收、③是否圓唇，將發音分成幾組，認識其共通點以及差異所在，會比沒頭沒腦地硬要記住14個母音更加容易掌握。首先，先從下列5組開始看起。

嘴唇形狀及舌頭位置相同的組別

	張嘴的方式		
組別	閉口音	張口音	共通點（同組的理由）
①	[i]	[a]	都是拉開嘴角的發音。（「a」發音時嘴巴既要拉開也要上下張大。）
②	[ø]	[œ]	發音都接近注音「ㄜ」的音，壓扁上唇舌頭前伸。
③	[e]	[ɛ]	法語的[e]接近注音的「ㄟ」，[ɛ]接近注音的「ㄝ」，不圓唇，舌頭前伸。 ＊法語的[e]比注音的「ㄟ」張嘴幅度窄，[ɛ]發音時張嘴幅度比注音的「ㄝ」來得寬。
④	[o]	[ɔ]	發音都接近注音「ㄛ」的音，圓唇，舌頭保持內收。 ＊法語的[o]比注音「ㄛ」張嘴幅度窄，[ɔ]發音時張嘴幅度比注音「ㄛ」來得寬。

嘴唇形狀相同的組別

	舌頭的位置		
組別	內收	前伸	共通點（同組的理由）
⑤	[u]	[y]	發音時都要圓唇。 ＊法語的[u]接近注音的「ㄨ」，[y]接近注音的「ㄩ」。

除此之外，還有非重音的母音[ə]、差異主要在於嘴唇形狀的三種鼻母音[ɛ̃]、[ɑ̃]、[ɔ̃]。

那麼，讓我們馬上注意互做比較的母音有何共通點及相異之處，自己也試著發音看看。

組別 ① [i]、[a]

[i] 發音接近注音的「ㄧ」

發音接近注音的「ㄧ」，但讀的時候嘴角要拉得更開。

i î y [i] 例 bistro（小酒館） île（島嶼） style（風格）

[a] 發音接近注音的「ㄚ」

發音接近注音的「ㄚ」，但不同的是，讀的時候嘴角要往兩側拉開。

a à â [a] 例 avec（與～一起） déjà-vu（似曾相識）

pâtisserie（糕餅店）

組別 ② [Ø]、[œ]

[Ø]、[œ] 發音接近注音的「ㄜ」

讀[Ø]的口型，就像吹涼熱飲或是吹口哨的時候一樣。舌頭如同讀 [i] 時一般向前推。

讀[œ]的時候，和[Ø]保持相同的上唇形狀及舌頭位置，將嘴巴上下張得更大。

eu œu

以母音結束的音節讀[Ø]

[ø] 例 deux（2） vœu（願望）

以子音結束的音節讀[œ]

[œ] 例 neuf（9） sœur（姊妹）

deux 以子音字母結束，但最後的 x 不發音，因此成為「以母音結束的音節」

即使拼字相同，知道規則即可判斷要讀[Ø]還是[œ]

組別③ [e]、[ɛ]

[e] 發音接近注音的「ㄟ」／[ɛ] 發音接近注音的「ㄝ」

[e]發音時嘴巴要張得比注音的「ㄟ」來得窄，聽來略像是「ㄞ」。另一方面，[ɛ]發音時則接近注音的「ㄝ」，但是要將嘴上下張得更開。兩者發音時都要確實拉開嘴角。

é	[e]	例 cinéma（電影）
-er -ez	[e]	若在字尾則讀[e] 例 sommelier（侍酒師） nez（鼻子）
-es	[e]	若為3個字母組成的詞彙，在子音1字母後面的字尾則讀[e] 例 ces（這些的） des（一些的）
è ai ei	[ɛ]	例 mère（母親） aide（援助） reine（女王）
e	[ɛ]	位於詞彙中2個子音字母前，或字尾要發音的子音字母前讀[ɛ] 例 Estelle（艾絲蒂爾【女性名字】） sel（鹽）

l是在字尾要發音的子音字母。e在字尾要發音的子音字母前，因此這裡要讀[ɛ]！

組別④ [o]、[ɔ]

[o]、[ɔ] 發音接近注音的「ㄛ」

[o]在發音時要嘛嘴並把舌頭內收，音色比起注音的「ㄛ」還來得低沉發悶。讀[ɔ]的時候，口型要比[o]上下張得更大。

au eau	[o]	例 auto（車） café au lait（拿鐵咖啡） beau（美的）

o	[o]	若在字尾讀[o] 例 radio（收音機） dos（背部）
	[ɔ]	若在字首或詞彙中間讀[ɔ] 例 or（黃金） col（衣領） pomme（蘋果） mode（模式）

由於dos的字尾s不發音，o成為字尾音，適用於讀成[o]的規則

r與l都是在字尾要發音的字母，因此這裡的o視為在字首或詞彙中間的字母，適用於讀成[ɔ]的規則

組別⑤[u]、[y]

[u] 發音接近注音的「ㄨ」／[y] 發音接近注音的「ㄩ」

讀[u]的口型為噘嘴並內收舌頭，與注音「ㄨ」的發音相當接近。讀[y]時則保持與[u]相同的口型，發音聽起來接近注音的「ㄩ」，但舌頭要比「ㄩ」更往前伸。

ou où oû	[u]	例 coup d' État（軍事政變） où（哪裡） croûton（油炸麵包丁）
u û	[y]	例 sur（在～的上面） sûr（確實的）

加在濃湯等料理中的油炸麵包丁，語源出自法語croûte，意思是麵包表層發硬的部分

非重音的母音[ə]

[ə] 接近注音的「ㄜ」

讀的時候不圓唇，舌頭既不內收也不前伸地放在口腔中央，嘴巴不閉也不張大地保持中等尺寸開口發音，音色聽起來含糊不清。

e	[ə]	例 petit（小巧的） demi（一半）

3種鼻母音 [ɛ̃]、[ɑ̃]、[ɔ̃]

[ɛ̃]　發音接近「盎」／[ɑ̃]、[ɔ̃]　發音接近「甕」

這三種音都是將氣息通過鼻腔來發音，因此稱作鼻母音，不同於前面所介紹的口腔母音。讀[ɛ̃]的時候要拉開嘴角，口型比讀出「啊」時略微收緊。讀[ɑ̃]的時候嘴角不必拉得像[ɛ̃] 一樣開，不過嘴巴要上下張得更大，舌頭往內收。[ɔ̃]則要噘嘴發音。

拼寫	音標	例
in / im un / um yn / ym ain / aim ein / eim	[ɛ̃]	fin（完結）　simple（單純的）　un（1） parfum（香水）　syndicat（工會） sympa（友善）　pain（麵包） faim（飢餓）　sein（胸部） Reims（漢斯〔城市名〕）
an / am en / em	[ɑ̃]	gant（手套）　lampe（燈） centre（中央）　temple（寺院）
on / om	[ɔ̃]	pont（橋）　nombre（數字）

子音

法語的子音與英語及日語有許多共通點，不過請特別注意，法語的「g」、「j」、「r」發音都與這兩種語言不同。

① [k] 發音接近注音「ㄎ」／[g] 發音接近注音「ㄍ」

發音為[k]的拼字是qu與c，發音為[g]的拼字則有gu與g。不過，c與g依後面的字母而定，有時會有不一樣的讀音，需要多加留意（其他讀音將在第②、③項作介紹）。讓我們來看看讀音與規則吧。

此處要注意到，qu和gu都是以2個字母來表示1個子音[k]、[g]，避免唸成[ky]及[gy]

qu [k] 在母音字母前讀[k]
例 quiche（法式鹹派） question（疑問）

c [k] 子音字母，或在i，é，è，e，y以外的母音字母前並且是字尾讀[k]
例 Claire（克萊兒〔女性名字〕） cuisine（料理） avec（和～）

gu [g] 在母音字母前讀[g]
例 meringue（蛋白霜）

g [g] 子音字母，或在i，é，è，e，y以外的母音字母前讀[g]
例 gâteau（糕點） tigre（老虎）

② [s] 發音接近注音「ㄙ」／[z] 發音接近注音的「ㄗ」

[s]的讀音與注音「ㄙ」幾乎相同，發音為[s]的拼字有：c、ç、s、ss。[z]發音時舌頭不抵在上排牙齦處。發音為[z]的拼字有z、s。

c [s] 在i，é，è，e，y前讀[s]
例 France（法國） cinéma（電影）

ç ss [s]
例 leçon（課程） classe（班級）

s [s] 在字首、子音字母前讀[s]
例 sucre（砂糖） style（風格）

s	[z]	在母音字母之間讀[z] 例 Louise（露易絲） maison（住家）
z	[z]	例 Cézanne（塞尚）

若詞彙的拼字中有z，除了出現在字尾之外時都讀[z]

③[ʃ] 發音接近注音的「ㄕ」／[ʒ] 發音接近注音的「ㄖ」

[ʃ]的發音接近注音「ㄕ」，但讀的時候口型要更圓，舌頭微微吐出。[ʒ]的讀音在發聲時舌頭不碰到任何部位，和[ʃ]一樣，讀的時候比起注音的「ㄖ」口型更圓，舌頭微微吐出。

ch	[ʃ]	例 chanson（歌曲） chou à la crème（泡芙）
j	[ʒ]	例 je（我） Bonjour.（日安）
g	[ʒ]	在i，é，è，e，y前讀[ʒ] 例 géant（巨大的） girafe（長頸鹿）

若詞彙的拼字中有ch，就讀[ʃ]；若有j就讀[ʒ]

④[t] 發音接近注音的「ㄊ」／[d] 發音接近注音的「ㄉ」

發音與注音的「ㄊ」和「ㄉ」幾乎相同。

t **th**	[t]	例 très（非常） esthétique（審美的）
d	[d]	例 doux（甜的） rendez-vous（約會）

⑤[n] 發音接近注音的「ㄋ」／[ɲ] 發音接近注音的「ㄋㄧㄜ」

[n]的發音與注音的「ㄋ」、[ɲ]的發音與注音的「ㄋㄧㄜ」接近。

n	[n]	例 nuit（夜晚） cinéma（電影）
gn	[ɲ]	例 champagne（香檳）

⑥ [j] 發音接近注音的「ㄧㄜ」

發音與注音的「ㄧㄜ」幾乎相同。字尾接在母音之後的il，詞彙中接在母音之後的 ill 讀成 [j]。

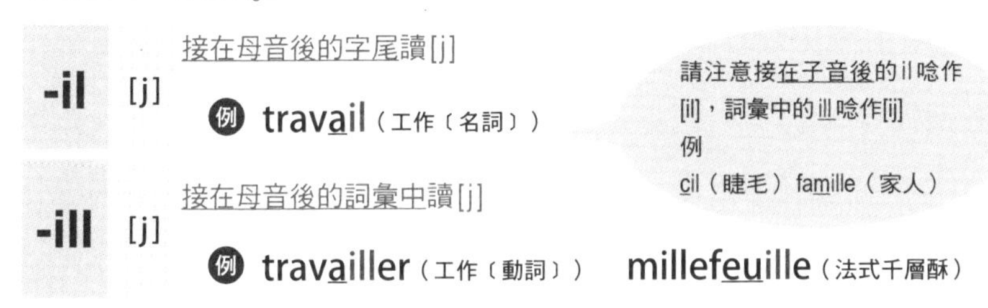

⑦ [ʁ] 為中文或英文中都沒有的r音／[l] 發音接近英語的「l」

r是在喉嚨漱口部位，不含水發出的類似漱口聲響。發音時除了咽喉摩擦聲之外，還要發出聲音。l發音的訣竅和英語的l相同，是將舌尖抵在上排牙齦內側讓呼吸從舌頭旁吐出去，不過要比讀英語字母時更用力地抵著上排牙齦。

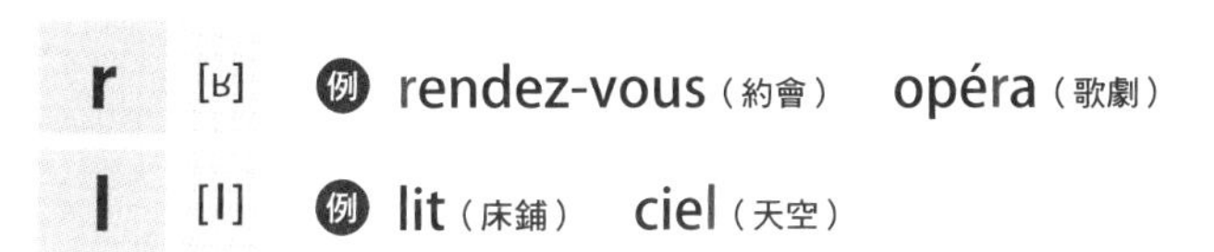

⑧ [wa] 發音接近中文的「哇」

[wa] 不是子音，而是子音與母音的組合，讀音接近中文的「哇」，不過開頭的[w]發音口型要更加圓唇。發音為[wa]的拼字是oi。

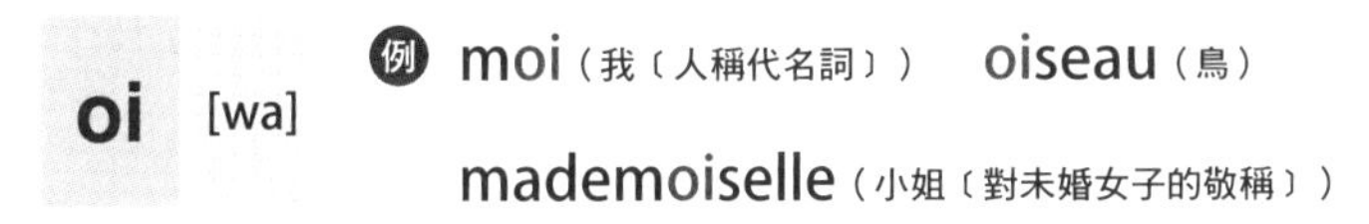

⑨ [f]、[v]、[p]、[b]、[m] 其他發音（接近英語的發音）

f / ph [f] fromage（起司） téléphone（電話） **v** [v] vin（葡萄酒）

p [p] Paris（巴黎） **b** [b] Bordeaux（波爾多） **m** [m] Marseille（馬賽）

名詞的3大重點

陽性名詞與陰性名詞

在法語中，任何名詞都歸屬於陰性或是陽性。請看下列表格。

陽性名詞	陰性名詞
soleil（太陽）	lune（月亮）
vin（葡萄酒）	bière（啤酒）
sac（皮包、袋子）	montre（手錶）
Japon（日本）	France（法國）

正如上表所見，名詞大都無法從形態辨別出陰陽性，在背誦名詞時，請連同陰陽性一起記下來。

代表職業與國籍等身分的名詞有時並無固定的陰陽性，而是依照描述人物的性別來決定，至於動物也一樣。

單數與複數

法語在碰到複數的情況時一定會使用複數名詞。在大多數情況下，複數形的變化方式是如英語般在單數名詞後面加上-s。此時單數名詞與複數名詞僅在拼字上有差異，名詞的發音並無不同，因為字尾的s不發音。

選擇冠詞

冠詞是與名詞並用，用來補充其意義的詞彙。想學會說法語，懂得視狀況運用冠詞十分重要。冠詞顯示了後面所接名詞的性質（數量、特定或不特定）。請掌握下列三種冠詞分類！

① 可量化的名詞，又不是「某個人的東西」或「放在那邊的書」這種特定事物時，未被限定的事物使用不定冠詞un（陽性單數名詞）、une（陰性單數名詞）、des（陰陽性複數名詞）。

	陽性名詞	陰性名詞
單數形	un livre（一本書）	une voiture（一輛車）
複數形	des enfants（幾名兒童）	des baguettes（幾根棒子）

② 例如液體或肉眼看不見的事物等沒有固定單位可量化的東西，在數量不特定時，使用部分冠詞du（陽性名詞）、de la（陰性名詞）。這些部分冠詞在「喝茶」時表示了「喝下的些許分量」；在「聽／演奏音樂」時表示了「花在聆聽或演奏上的些許時間」。

陽性名詞	陰性名詞
du thé（一些茶）	de la musique（放了一會的音樂）

③ 不分是否可數，談論特定事物時使用**定冠詞le**（陽性單數名詞）、**la**（陰性單數名詞）、**les**（陰陽性複數名詞）。

	陽性名詞	陰性名詞
單數形	le livre de Sophie （蘇菲的書）	la voiture de Paul （保羅的車）
複數形	les enfants de Marie （瑪莉的孩子們）	les robes de Léa （蕾雅的幾件洋裝）

特定不可數的事物時沒有單複數之分，但使用單數定冠詞。

陽性名詞	陰性名詞
le thé de Ceylan （錫蘭紅茶）	la musique de chambre （室內樂）

接在名詞後的形容詞

與名詞一起使用的形容詞也有陰陽性與單複數之分，和冠詞一樣，使用時要與名詞的陰陽性、單複數保持一致。讓我們來看看各種變化。

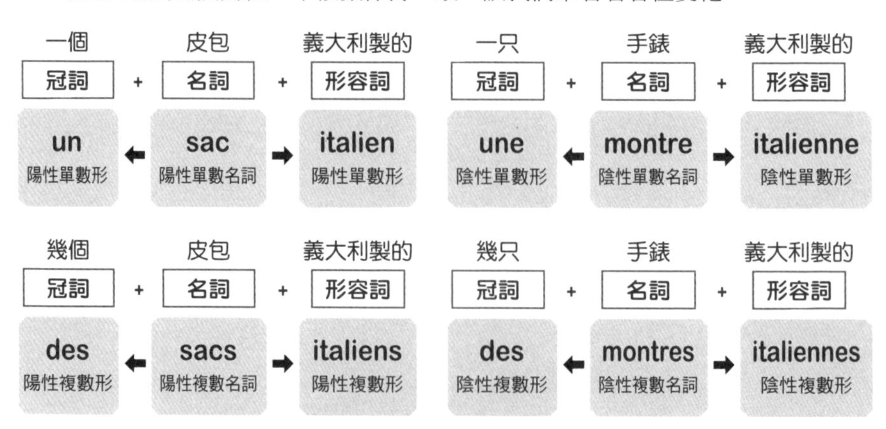

此處介紹的是不定冠詞範例，不過有時也會像le sac italien（那個義大利製的皮包）所示，按照文章脈絡加上定冠詞。

法語的句型

敘述句

法語的句型和英語十分類似。不會有省略主詞的情形，法語在主詞後連接動詞，接著是代表動作對象的受詞、對於主詞的說明等其他要素。

您認識瑪莉。

Vous connaissez Marie.

您 認識 瑪莉

主詞 動詞 受詞

她個子高。

Elle est grande.

她 是～ 高的

主詞 動詞 形容詞

否定句

組織否定句時，在動詞前面加上ne、後面加上pas，把動詞放在中間。ne pas具有「不～」的否定意思。

您不認識瑪莉。

Vous ne connaissez pas Marie.

疑問句

疑問句有數種寫法。請記住把敘述句末尾改成「？」的寫法，在發音時句尾要上揚。同樣也配合學習使用「qui（誰）」「quand（何時）」「où（哪裡）」等疑問詞來寫成的疑問句。

您認識瑪莉？

Vous connaissez Marie ?

您 認識 瑪莉

您認識誰？

Vous connaissez qui ?

您 認識 誰

在Marie的位置
填上疑問詞

法語的主詞

除了名詞之外，像英語的I或you一樣，「我」、「你」這些人稱代名詞有時也會當成主詞使用。法語是一種不省略主詞的語言，形態會隨著主詞是誰（什麼）產生變化。請看下方表格。

單數（1人）		複數（2人以上）	
我	je	我們	nous
你	tu	你們／您	vous
他／那個	il	他們／那些	ils
她／那個	elle	她們／那些	elles

首先，單數人稱代名詞主詞就有說話者「我」、說話對象「你」、第三者「他」或「她」四種。如表格所示，由於四種代名詞各有複數形式，總計為8種。和英語的差異重點在於：

①il、ils、elle、elles不僅指人，也能代表陽性名詞、陰性名詞表示的「事物」。
②表示第三者的複數形時，只要一群女子中有一名男子，就使用意為「他們」的陽性代名詞ils。
③意指「我」的je，除了出現在文章開頭以外都用小寫。

另外，需要留意用來表示對方的tu、vous。首先，單數的tu是用在家人或朋友等親近人物身上的親近稱呼，vous則是親近稱呼的複數形。不過面對尊長或不熟識的人，無論對方是單人或多人主詞皆使用vous。在說話態度恭敬有禮時，vous可發揮「敬稱」的功用。

問候

本單元將介紹簡單的問候表達方式。首先請鼓起勇氣開口攀談，邁出溝通的第一步。

相遇時的問候

早安。 午安。

Bonjour！／

Bonjour, madame！（日安，女士！）

從早晨到日落前皆可使用的問候語

向陌生人或客人客氣地打招呼時，經常會加上如madame的敬稱。madame指的是已婚婦女、mademoiselle 指未婚女子；monsieur 則是對所有男性的稱謂。

晚安

Bonsoir！

從傍晚日落時分起使用，在晚間告別時，也可用來表示「祝你有個美好的夜晚！」

嗨。（拜拜。）

Salut！

關係親近者之間使用的親切問候。類似於英語的「Hi!」，也有「拜拜」的意思

道別時的問候

再見 ！

Au revoir！

晚點見 ！

À plus tard！

待會見 ！

À tout à l’heure！／À tout de suite！

明天見！

À demain !

近期再會！

À bientôt ! ／ À très bientôt !

下星期見！

À la semaine prochaine !

省略「下次」的「次」fois的說法

下次見！

À la prochaine fois ! ／ À la prochaine !

connaissance

小知識

在法國，一走進商店或餐廳，顧客和服務生都會先互相問候「Bonjour!」。以下將介紹在如此重視問候的法國，人們是以什麼感覺來運用道別的問候。

À plus tard !

無論下次碰面是在一小時之內、數小時後或當天沒有碰面的計畫，都能用來表達「再見」的意思。

À tout à l' heure !

當天在幾分鐘～幾小時之內很快會再次碰面時使用。

À tout de suite !

在幾分鐘等心理上很短暫的時間以後就會再碰面時使用。

À bientôt ! / À très bientôt !

雖然離相見還有幾天、幾星期、幾個月的間隔，這句問候表達了「想近期再會」的心情。若加上très（非常），在心情之外更強調了事實上將在「最近（再會）」的意思。

祝你有美好的一天 ！

Bonne journée !

可以在早晨、中午或下午較早時段使用。服務生經常以這句問候向離開商店的顧客告別

晚安 ！

Bonne nuit !

若放在陰性名詞前為Bonne，陽性名詞前為Bon

祝你有個美好的週末 ！

Bon week-end !

祝你旅途愉快 ！

Bon voyage !

道謝

謝謝。

Merci. ／ Merci beaucoup.

比起加上bien（很）的「Merci bien!」，加上beaucoup（許多）表達出的謝意更強烈

不客氣。（客氣的說法）

Je vous en prie.

不客氣。（親近隨意的說法）

De rien.

請求、道歉

拜託您了。

S'il vous plaît.

表達「請幫我～」，或是呼喚服務生時使用。對於親近的人則說「S'il te plaît」

對不起。（客氣）／抱歉。（關係親近時）

Excusez-moi. / Excuse-moi.

對不起。

Pardon !

在用客氣口吻向人問路等情況下使用Excusez-moi，不小心踩到別人的腳之類的情況，則使用Pardon!

非常抱歉。

Je suis désolé (désolée).

意思接近英語的I am sorry.，用來道歉，或是對於自己沒有錯處的事情表達遺憾。書寫的時候，女性則是使用括弧內的寫法（⇒p.52、61）

祝賀語

恭喜 ！

Félicitations !

生日快樂 ！

Bon anniversaire !

注意聯誦（⇒p.15）

聖誕快樂 ！

Joyeux Noël !

新年快樂 ！

Bonne année !

自我介紹

我叫美緒，幸會。

Je m'appelle Mio. Enchantée !

男性用Enchanté，女性則用Enchantée（發音相同）

請問你的名字是？（客氣有禮）

Comment vous vous appelez ?

你叫什麼名字？（口氣直率）

Comment tu t'appelles ?

基本會話

透過重點分布於內容中的會話與例句來學習法語的結構、掌握實用的會話說法。逐步理解並記住表達方式，在旅行以及和朋友溝通的時候，就能用自己的話講出法語。

01 出發前往巴黎

動詞結構／第二類動詞 ：partir（出發）

出發前往巴黎前一天的會話。

Pierre

您明天出發嗎？

Vous partez demain ?

您　出發　明天

Mio

是的，我要出發前往巴黎。

Oui, je pars à Paris.

是的　我　出發　前往　巴黎

Attention ✻學習重點看這裡！

- 動詞依主詞而變化
- 變化方式則依動詞類型變動
- 動詞的變化由詞幹及字尾組合而成。

partir
原形

第二類動詞partir的變化範例。

pars 以我為主詞時的partir 動詞變化	=	**par-** 詞幹 主詞為單數時	+	**-s** 語字尾

詞幹與字尾都隨著主詞而變化！

partons 以我們為主詞時的partir 動詞變化	=	**part-** 詞幹 主詞為複數時	+	**-ons** 字尾

法語的動詞依主詞而變化。動詞由詞幹與字尾組合而成，將兩者分開思考，有助於記住動詞變化。

詞幹是動詞最初的部分。如左頁圖所示，partir有par和part兩個詞幹，稱作第二類動詞。第二類動詞的詞幹依主詞是單數或複數而分開使用。此外還有僅有1個詞幹的動詞與有3個詞幹的動詞存在，分別稱之為第一類動詞及第三類動詞。

字尾是動詞的結尾部分，分成兩種類別，即第二類、第三類動詞使用的字尾與第一類動詞使用的字尾。在這一章節的課程裡，讓我們來看看詞幹差異簡單易懂的第二類動詞變化。

第二類動詞partir（出發）的動詞變化

主詞為單數時

主詞	詞幹		字尾		完成的動詞變化
je（我）	par-	+	-s	=	pars
tu（你）			-s		pars
il/elle（他／她）			-t		part

此為第二類動詞的模式

主詞為複數時

主詞	詞幹		字尾		完成的動詞變化
nous（我們）	part-	+	-ons	=	partons
vous（你們／您）			-ez		partez
ils/elles（他們／她們）			-ent		partent

exemples
＊基本例句

我們明天早晨出發。

Nous partons demain matin .

我們　出發　明天　早晨

02 我來自京都

第三類動詞：venir（來）

在巴黎，計程車司機向美緒攀談。

Chauffeur
（司機）

您來自東京？

Vous venez de Tokyo ?

您 來 從~ 東京

Mio

不，我來自京都。

Non, je viens de Kyoto.

不 我 來 從~ 京都

Attention
＊學習重點看這裡！

第三類動詞 venir（來）的變化

viens、vient
發音相同

主詞為單數時

主詞	詞幹		字尾		完成的動詞變化
je（我）	vien-	+	-s	=	viens
tu（你）			-s		viens
il / elle（他／她）			-t		vient

主詞為複數時

主詞	詞幹		字尾		完成的動詞變化
nous（我們）	ven-	+	-ons	=	venons
vous（你們／您）			-ez		venez
ils / elles（他們／她們）	vienn-		-ent		viennent

接下來讓我們來看看有3個詞幹的第三類動詞。參照第36頁的venir（來）動詞圖解，可以看出3個詞幹依下列方式分開使用。

①主詞為單數時的詞幹：vien-
②主詞為複數的nous（我們）、vous（你們／您）時的詞幹：ven-
③主詞為ils（他們）／elles（她們）時的詞幹：vienn-

字尾變化則與第二類動詞一樣。只有nous與vous作為主詞時字尾才發音，主詞為其餘詞彙時動詞只有詞幹發音。另外，venir＋前置詞de＋○○（地點）可以組成「我來自○○（地點）」的句型來表達出身地。

請留意上述幾點，從下方的應用例句中觀察動詞變化。會話情境為一個人向三個人攀談。

exemples ✽基本例句

你們來自哪裡？

Vous venez d'où ?

你們　來　從~　哪裡

de後面接où（哪裡），可用來詢問出身地

我來自巴黎，她們來自波爾多。

Je viens de Paris et elles viennent de Bordeaux.

我　來　從~　巴黎　而　她們　來　從~　波爾多

03 我想喝葡萄酒

第三類動詞：vouloir（想要～）

美緒向服務生點飲料。

Garçon
（服務生）

您想喝啤酒嗎？

Vous voulez de la bière ?

您 ｜ 想要～ ｜ 一些 ｜ 陰 啤酒

Mio

不，我想喝葡萄酒。

Non, je veux du vin.

不 ｜ 我 ｜ 想要～ ｜ 一些 ｜ 陽 葡萄酒

Attention ＊學習重點看這裡！

主詞為我／你的時候，用-x代替-s

不規則第三類動詞，vouloir（想要～）的動詞變化

主詞為單數時

主詞	詞幹		字尾		完成的動詞變化
je（我）	veu-	+	-x	=	veux
tu（你）			-x		veux
il/elle（他／她）			-t		veut

主詞為複數時

主詞	詞幹		字尾		完成的動詞變化
nous（我們）	voul-	+	-ons	=	voulons
vous（你們／您）			-ez		voulez
ils/elles（他們／她們）	veul-		-ent		veulent

在前兩個單元課程中，我們學到了有2或3個詞幹的動詞。現在，讓我們來學習有3個詞幹的動詞中，字尾較為特殊的單字。此處學到的vouloir，是其中使用頻率很高的動詞。

當主詞為我（je）、你（tu）的時候，第三類動詞的字尾為-s，但vouloir在變化時以 -x 代替 -s。s改為 x 後一樣不發音，這點是vouloir和一般第三類動詞的唯一差異。

je veu~~s~~ ➡ je veux　　　　**tu veu~~s~~ ➡ tu veux**

我們想要水。

de l' 為部分冠詞（p.25）

Nous voulons de l'eau.

我們	想要～	一些	(陰)水

remplacez!
替換這裡的單字！

替換名詞時，也要選擇正確的冠詞

飲料

飲料	(陰)boisson
咖啡	(陽)café
茶	(陽)thé
牛奶	(陽)lait
拿鐵咖啡	(陽)café au lait

酒類	(陽)alcool
紅葡萄酒	(陽)vin rouge
白葡萄酒	(陽)vin blanc
粉紅酒	(陽)vin rosé
香檳	(陽)champagne

04 吃牛角麵包

不規則第三類動詞：prendre（拿起、食用）／不定冠詞的複習

賽西兒他們正在挑選麵包。

Cécile

要吃牛角麵包嗎？

Vous prenez un croissant ?

您　吃　一個　陽 牛角麵包

Shota

好的，我還要吃布里歐。

Oui, et je prends une brioche aussi.

好的　而且　我　吃　一個　陰 布里歐　也～

Attention ＊學習重點看這裡！

第三類動詞 prendre（拿起、食用）的變化

主詞為單數時

主詞	詞幹		字尾		完成的動詞變化
je（我）	prend-	+	-s	=	prends
tu（你）			-s		prends
il / elle（他／她）			無字尾		prend

主詞為複數時

主詞	詞幹		字尾		完成的動詞變化
nous（我們）	pren-	+	-ons	=	prenons
vous（你們／您）			-ez		prenez
ils / elles（他們／她們）	prenn-		-ent		prennent

我們在第三課時，學習了第三類動詞的不規則變化單字之一：vouloir（想要～），現在另一個重要動詞prendre出現了。當主詞為他（il）／她（elle）時，prendre不加-t，取消字尾。

il/elle prend ~~t~~ ➡ il/elle prend

也就是將詞幹直接變成整個動詞。另外，當主詞是我（je）、你（tu）的時候，prends詞幹最後的子音d不發音。請留意後面有接-s，不再是字尾子音這一點。

Attention ✱學習重點看這裡！

代表「一個／一些」的不定冠詞un、une、des

不定冠詞		名詞
un		陽性名詞（單數）
une	+	陰性名詞（單數）
des		陽性名詞／陰性名詞（複數）

會話中的「（一個）牛角麵包」是陽性名詞，因此為un croissant

接著讓我們來複習不定冠詞（⇒p.25）吧。就像表達「買一顆蘋果」、「買一些蘋果」的時候一樣，表示非特定事物時，即使那樣東西可以量化也要使用不定冠詞un、une、des。陽性的un與陰性的une分別代表單數陽性名詞、陰性名詞「一個的～」之含意。請注意，陽性與陰性不定冠詞的發音大不相同。

不同於不可數的事物使用的部分冠詞（⇒p.25），可量化事物使用的不定冠詞具有複數形des。複數形為陰陽性名詞通用，意指「一些～」。

兩人談論著其他朋友吃什麼食物。

她們吃的是法式鹹派？

Elles prennent des quiches ?

她們 吃 一些 陰法式鹹派

不，她們吃的是蛋糕。

Non, elles prennent des gâteaux.

不 她們 吃 一些 陽蛋糕

Attention ＊學習重點看這裡！

可以量化的食物與無法量化的食物

複數名詞為字尾加-s，或是如會話中的gâteau般，以-eau結尾的名詞複數形要加上-x

食物
——作為不特定事物，顯示分量時能夠量化的食物

蛋	陽un œuf / des œufs	穀物	陰des céréales
柳橙	陰une orange / des oranges	麵食	陰des pâtes
蘋果	陰une pomme / des pommes	麵條	陰des nouilles
馬鈴薯	陰une pomme de terre des pommes de terre	蔬菜	陽des légumes

放在以母音開頭的名詞前時，請留意un以［n］、des以［z］聯誦，une則發生連音（⇒p.15）。

──作為不特定事物，顯示分量時不能量化的食物

米飯	陽du riz	肉類	陰de la viande
起司	陽du fromage	沙拉	陰de la salade
魚	陽du poisson	湯	陰de la soupe

column

蛋糕可以量化嗎？還是不能？

gâteau（甜點、蛋糕）一詞既能當成「可量化的東西」，也能當成「無法量化的東西」使用。

像是眾人分食一個蛋糕等沒有固定量化單位的情況，就使用代表「一些」的部分冠詞；至於在店裡點餅乾或蛋糕等能夠明確計算數量的情況，則使用代表「一個」或「幾個」的部定冠詞。

我吃了一些蛋糕。 Je prends du gâteau.
我吃了一個蛋糕。 Je prends un gâteau.

至於飲料也一樣。若要說喝了「一些分量」的咖啡，就用部分冠詞du；在咖啡廳點一杯咖啡，則使用不定冠詞un。名詞是否能量化計算，可以說取決於動詞的意義及狀況。

在餐廳用得到的法語！

前往氣氛迷人的餐廳用餐，也是在法國的樂趣之一。若能和服務生展開這樣的會話，想必會更加愉快。

預約

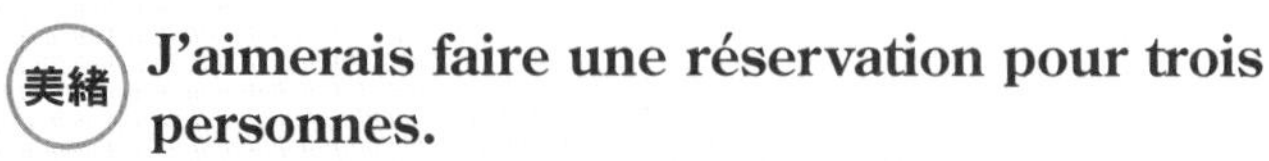

美緒 **J'aimerais faire une réservation pour trois personnes.**
我想預約三個人的位置。

服務生 **Pour quel jour?**
請問要預約的日期是？

美緒 **Le 25 avril.**
4月25日。

服務生 **Oui, à quelle heure ?**
好的，請問要預約幾點？

美緒 **Vers 20 heures .**
大概晚上八點。

常用說法！

À quelles dates ?
（要預約）哪一天呢？

進餐廳後——點餐

服務生 **Bonsoir, madame ! Vous êtes combien ?**
晚安，女士，請問一共有幾位？

美緒 **Deux.**
兩個人。

服務生 **Vous avez une réservation ?**
請問您有訂位嗎？

美緒 **Oui, au nom de Nakamura.**
有的，預約名是中村。

常用說法！

Je n'ai pas réservé.
我沒有訂位。

C'est complet.
本店客滿了。

服務生 **Voici la carte.**
請看菜單。

美緒 **Quel est le plat du jour ?**
「今日特餐」是什麼？

服務生 **La sole meunière.**
奶油香煎比目魚。

美緒 **Alors, je vais prendre une sole meunière, s'il vous plaît.**
那麼，我就點奶油香煎比目魚。

服務生 **D'accord... et comme boisson ?**
好的。請問飲料喝什麼？

美緒 **Un verre de vin blanc.**
（請給我）一杯白葡萄酒。

les mots ＊新單字

réservation	陰 訂位	combien	疑 幾個、多少
personne	陰 人	nom	陽 名字
vers	前 大約、接近	plat du jour	陽 今日特餐

用餐中的表達方式

Bon appétit !
用餐愉快！

Santé !
乾杯！

C'est bon !
真好吃！

C'est épicé.
好辣！

C'est sucré.
真甜！

C'est fade.
味道很淡。

餐後——結帳

Ça a été ?
各位對餐點還滿意嗎？

C'était très bon.
非常可口！

L'addition, s'il vous plaît. Je peux payer par carte?
請幫我買單，我可以刷卡嗎？

les mots ＊新單字

addition	陰 帳單	carte de crédit	陰 信用卡
payer	動 支付		

有用小情報！

給小費的方法

進入國外的餐飲店，總是令人在意大概給多少小費才適合。在法國，餐飲價格基本上已包含服務費。所以只點一杯飲料的話，不必特別留下小費也沒有問題。如果菜單或帳單上寫著「Service Compris」（包含服務費），就不需給小費。不過，若是要求特殊服務或是到高級餐廳用餐，支付餐費10%～20%的小費是比較聰明的作法。

carte 菜單

Entrées 前菜

Entrées chaudes
熱前菜

Terrine de foie gras
鵝肝醬

Escargots de Bourgogne
勃根地焗蝸牛

Entrées froides
冷盤

Saumon fumé
煙燻鮭魚

Plats Principaux 主菜

Viandes
肉類料理

Filet de bœuf
菲力牛排

Bœuf bourguignon
勃根地紅酒燉牛肉

Côte d'agneau grillé
帶骨烤羊排

Poissons
魚料理

Sole poêlée
嫩煎比目魚

Moules-frites
貽貝佐炸薯條

Fondue savoyarde
起司火鍋

Fromages 起司

Plateau de fromages
起司拼盤

Tarte aux fraises
草莓塔

Glace au chocolat
巧克力冰淇淋

Desserts 甜點

Glace à la vanille
香草冰淇淋

Millefeuille
法式千層酥

Gâteau au chocolat
巧克力蛋糕

05 我住在蒙馬特

第一類動詞：habiter（居住）

住在巴黎的兩人正在交談。

Paul

妳住在哪裡？

Tu habites où ?

妳　住　哪裡

Cécile

我住在蒙馬特。

J'habite à Montmartre.

我　住　在～　蒙馬特

Attention ＊學習重點看這裡！

- 第一類動詞habiter（居住）的變化
- 詞幹所有主詞共通，僅從動詞原形去掉er

單數主詞（je、tu、il／elle）字尾皆不發音

habiter  habit-

注意：無論主詞單數或複數，詞幹都相同

主詞	詞幹		字尾		完成的動詞變化
je（我）	habit-	+	-e	=	habite
tu（你）			-es		habites
il/elle（他／她）			-e		habite
nous（我們）			-ons		habitons
vous（你們／您）			-ez		habitez
ils / elles（他們／她們）			-ent		habitent

＊請留意在實際句子中，要將habiter前面單字的字尾與habiter的ha聯誦發音。

到目前為止，我們學到了①動詞可拆解為詞幹與字尾、②第二類動詞與第三類動詞的變化使用同樣的字尾，但也有不規則變化。

現在要介紹的是第三種動詞形態：第一類動詞，法語的動詞大多數屬於這種模式。其特徵為①詞幹僅是從原形動詞去掉-er，不必默背詞幹；②主詞為我（je）、你（tu）、他（il）／她（elle）時，字尾與先前學到的模式不同。

第一類動詞的字尾

je（我）	-e
tu（你）	-es
il/elle（他／她）	-e
nous（我們）	-ons
vous（你們／您）	-ez
ils/elles（他們／她們）	-ent

一樣除了-ons、-ez以外都不發音

第二類動詞、第三類動詞的字尾

je（我）	-s
tu（你）	-s
il/elle（他／她）	-t
nous（我們）	-ons
vous（你們／您）	-ez
ils/elles（他們／她們）	-ent

只有單數人稱不同

exemples 基本例句

你不住在巴黎？

Tu n'habites pas à Paris ?

你　不住　在~　巴黎

加入否定的疑問句。否定句的寫法（⇒p.27）

不，我住在巴黎。

Si, j'habite à Paris.

不　我　住　在~　巴黎

聽到加入否定的問題，肯定內容時次答「si」而非「oui」

06 我是美緒

以不規則動詞être（是～）報上名字／強調的moi、toi

美緒和保羅彼此自我介紹。

Mio

我是美緒，幸會。

Je suis Mio. Enchantée !

我　是　美緒　幸會

Paul

我是保羅，幸會。妳是佳奈的朋友嗎？

Moi, je suis Paul. Enchanté !

我　我　是　保羅　幸會

Tu es une amie de Kana ?

妳　是～　一位　陰朋友　～的　佳奈

Attention 學習重點看這裡！

發音時 il est／elle est 連音，vous êtes 聯誦

不規則動詞être的變化

	主詞＋être的變化		主詞＋être的變化
我是～	je suis～	我們是～	nous sommes～
你是～	tu es～	你們是／您是～	vous êtes～
他是／她是～	il est～ / elle est～	他們是／她們是～	ils sont～ / elles sont～

到目前為止學到的動詞，雖然有細微的差異，基本上都是由詞幹與字尾規律地組成，形成6種主詞的形態。在這一章節課程裡，不規則動詞終於要登場了。

不規則動詞être相當於英語的動詞be，代表「是～」或「在～」。不僅動詞變化不規則，讀音也有許多例外，請多加注意。能夠以符合規則的拼字發音的只有suis（音近台語的「水」）與sont（音近宋），es（音近欸）、est（音近欸）都是上下張大嘴巴發出的「e」音。另外，主詞為nous 與vous時字尾 -es 不發音，分別讀成sommes（音近宋姆）、êtes（音近欸特）。在主詞、être的動詞變化後接名字，可以組成「～名叫○○（名字）」的句子。

保羅的次答，在主詞 je 前方加上了表示「我」的moi。這稱作強調用法，用在像是「至於我的話……」、「既然妳叫美緒，那我……」這種強調主詞、突顯兩者對比的情況。請記住各種主詞的強調用法。

強調主詞的強調用法

	強調用法		強調用法
我	moi	我們	nous
你	toi	你們／您	vous
他	lui	他們	eux
她	elle	她們	elles

07 您是日本人嗎？

以être說出國籍／形容詞的狀態變化

面對美緒和翔太兩人，保羅向美緒問道。

Paul

您是日本人嗎？

Vous êtes japonaise ?

您　是～　日本人的

Mio

是的，而且他也是日本人。

Oui, et il est japonais aussi.

是的　而且　他　是～　日本人的　也～

主詞的陰陽性、單複數與作為受詞的形容詞保持一致

主詞 + 動詞 + 形容詞

陽性或陰性
單數或複數 → 一致 → 陽性或陰性
單數或複數

形容詞的陰性寫法

陽性 + e = 陰性

到目前為止，我們學到了法語名詞有陽性名詞與陰性名詞，冠詞根據名詞陰陽性而具有陽性與陰性。和冠詞一樣，形容詞也要配合名詞的陰陽性與單複數改變形態。形容詞是表示人事物的性質及狀態的詞彙。在左頁的會話中，形容詞（此處為國籍）配合主詞採用陰性及陽性。在大多數情況下，在陽性形容詞字尾加上 -e 即為陰性形容詞。

請注意字尾發音的變化。「日本（人）的」作為陰性形容詞時加上「z」（音近滋）音，「美國（人）的」則從字尾母音變換發音（（[kɛ̃]⇒[kɛn]）「音近扛」⇒「音近 ken」）。

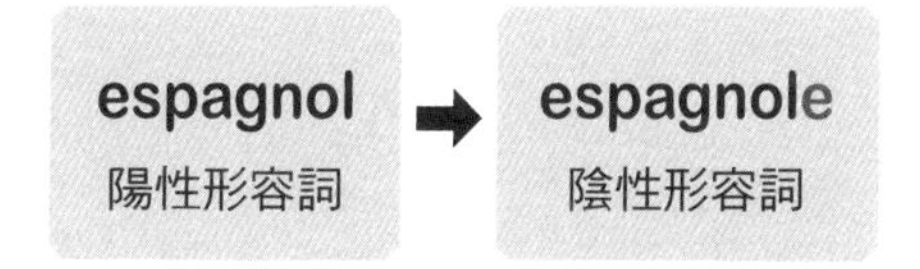

除了陰陽性之外，形容詞也有單複數之分。請看下一頁的會話。

美緒一行人似乎被誤認為中國人。

Garçon
（服務生）

你們是中國人嗎？

Vous êtes chinoises ?

你們　是～　中國人的

Mio

不，我們是日本人。

Non, nous sommes japonaises.

不　我們　是～　日本人的

Attention 學習重點看這裡！

形容詞的複數形寫法

單數形容詞 + **s** = **複數形容詞**

如同上方會話中的chinoises、japonaises，在大多數的情況下，單數形容詞加上-s即為複數形容詞。由於字尾的 -s 不發音，發音沒有變化。不過，請注意當陽性單數形容詞本來就以 -s 結尾時，複數形不再加上 -s。

日本（人）的

japonais 陽性單數形容詞 → **japonais** 陽性複數形容詞

日本（人）的

japonaise 陰性單數形容詞 → **japonaises** 陰性複數形容詞

exemples ✻ 基本例句

吉多是義大利人。

Guido est italien.

吉多　是～　義大利人的

安娜和克勞蒂亞是義大利人。

Anna et Claudia sont italiennes.

安娜　和　克勞蒂亞　是～　義大利人的

remplacez!
替換這裡的單字！

國籍

日本人的	japonais
	japonaise
法國人的	français
	française
德國人的	allemand
	allemande
西班牙人的	espagnol
	espagnole

※當成「○○語」的意思使用時，採用陽性形（⇒p.118）。

中國人的	chinois
	chinoise
韓國人的	coréen
	coréenne
美國人的	américain
	américaine
加拿大人的	canadien
	canadienne
巴黎人的	parisien
	parisienne

08 我的職業是律師

以être說出職業／具陰性與陽性的名詞

兩人正在談論職業。

您是學生嗎？

Vous êtes étudiant ?

您　是～　陽學生

不，我出社會了。我是律師。

Non, je travaille. Je suis avocat.

不　我　在工作　我　是～　陽律師

Attention 學習重點看這裡！

名詞可分為「陽性名詞」、「陰性名詞」、「具陰性與陽性的名詞」

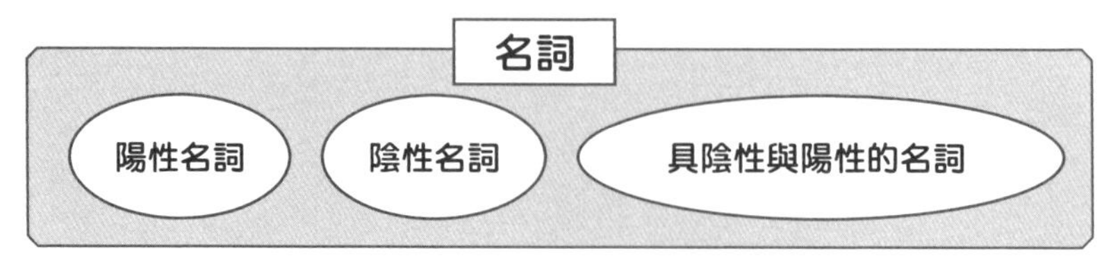

直到上一課為止，我們學到形容詞有陰性與陽性，根據主詞的陰陽性分開使用。名詞通常屬於陽性或陰性兩者之一（⇒p.24）。然而，在表示身分與職業、性質的名詞當中，有些名詞像形容詞一樣，依主詞陰陽性而定，具有陽性、陰性兩種形態。

陰性形寫法大都為陽性形加上 -e 字尾

如同會話所示，當這些名詞與 je、tu 等人稱代名詞或人名放在一起，以動詞 être 來描述身分及職業時，要像形容詞一樣不加冠詞。

exemples ＊基本例句

我是學生。

Je suis étudiant.

我 是～ 陽 學生

remplacez! 替換這裡的單字！

瑪莉是舞者。

Marie est danseuse.

瑪莉 是～ 陰 舞者

remplacez! 替換這裡的單字！

職業

警官	陽 policier
	陰 policière
服務生	陽 serveur
	陰 serveuse
西點師傅	陽 pâtissier
	陰 pâtissière
侍酒師	sommelier

歌手	陽 chanteur
	陰 chanteuse
舞者	陽 danseur
	陰 danseuse
演員	陽 acteur
	陰 actrice
教師	professeur
醫生	médecin

也有並非陽性形加上 -e 字尾的陰性形名詞

練習題

1 加上不定冠詞，寫出下列名詞的單複數形。

1 pomme（蘋果） 單：＿＿＿＿＿ 複：＿＿＿＿＿

2 croissant（牛角麵包） 單：＿＿＿＿＿ 複：＿＿＿＿＿

2 選出適合下列主詞的第二類動詞 écrire（書寫）的動詞變化並畫線連起來。

1 j'	•	• a. écrit
2 tu	•	• b. écrivons
3 il / elle	•	• c. écrivez
4 nous	•	• d. écris
5 vous	•	• e. écrivent
6 ils / elles	•	• f. écris

3 在下列句子的底線部分填寫動詞 vouloir 的動詞變化及部分冠詞 du、de la、de l' 其中之一，完成句子。

1 我們想要咖啡。

Nous ＿＿＿＿＿ ＿＿＿＿＿ café.

2 她想喝飲料。

Elle ＿＿＿＿＿ ＿＿＿＿＿ boisson.

3 他們想喝酒嗎？

Ils ＿＿＿＿＿ ＿＿＿＿＿ alcool ?

4 為下列問題選擇適當的答案。

1 **Vous habitez où ?** ＿＿＿＿＿

① J'habite à Tokyo.　② Je suis japonais.　③ J'aime le Japon.

2 **Tu n'étudies pas le français ?** ＿＿＿＿＿

① Oui, j'étudie le français.　② Si, elle étudie le français.

③ Si, j'étudie le français.

5 在下列句子的底線部分填寫強調用法，完成句子。

1 **他來自巴黎，我來自東京。**

＿＿ , il vient de Paris et ＿＿ , je viens de Tokyo.

2 **他們想要葡萄酒，我們想要啤酒。**

＿＿ , ils veulent du vin et ＿＿ , nous voulons de la bière.

6 使用être的動詞變化與形容詞，以法語寫出下列句子。

1 **他是日本人。**

＿＿＿＿＿＿＿＿＿＿＿＿＿＿＿＿＿＿＿＿

2 **她是法國人。**

＿＿＿＿＿＿＿＿＿＿＿＿＿＿＿＿＿＿＿＿

3 **她們是德國人。**

＿＿＿＿＿＿＿＿＿＿＿＿＿＿＿＿＿＿＿＿

解答

1 單數形 ： une pomme 複數形 ： des pommes 單數形 ： un croissant 複數形 ： des croissants

2 **1** d(f) **2** f(d) **3** a **4** b **5** c **6** e　3 **1** voulons du **2** veut de la **3** veulent de l'　4 **1** ① **2** ③　5 **1** Lui, moi **2** Eux, nous　6 **1** Il est japonais. **2** Elle est française. **3** Elles sont allemandes.

09 賽西兒是怎麼樣的人？

以être描述性格、心情

兩人正談到一位名叫賽西兒的女子。

Shota

賽西兒人怎麼樣？

Elle est comment, Cécile ?

她 是～ 怎麼樣 賽西兒

Sophie

她很親切。

Elle est très gentille.

她 是～ 很 親切的

Attention
＊學習重點看這裡！

表現性格、心情的說法

主詞 + 動詞 être	+	表示性格、心情的形容詞

只要在être後面接上「親切的」、「愉快的」等形容詞，就能用來表示性格或心情。我們在上一課學到，陰性形容詞大都是陽性形容詞加上-e，不過也有像gentille（親切的）一樣，重複陽性形容詞字尾子音後再加上-e的例子。

親切的

字尾的 l 為例外不發音

exemples ✻基本例句

他很好相處。

Il est sympathique.

他 是～ 友善的

也有變動陽性形容詞最後的子音，來作為陰性形容詞的情況

remplacez!
替換這裡的單字！

性格、心情

中文	法文	中文	法文
開朗的	gai / gaie	快樂的	joyeux / joyeuse
盛氣凌人的	prétentieux / prétentieuse	高興的	content / contente
有禮貌的	poli / polie	幸福的	heureux / heureuse
擅長運動的	sportif / sportive	為難的	embarrassé / embarrassée
暴躁易怒的	irritable	悲傷的	triste

10 「這是什麼？」、「這是歌劇院。」

運用C'est（這是～）來發問及次答

翔太請賽西兒帶他遊覽巴黎。

Shota

這是什麼？

C'est quoi ?

這是～　什麼

Cécile

這是歌劇院。加尼葉歌劇院。

C'est un opéra.

這是～　一間　陽 歌劇院

C'est l'Opéra Garnier.

這是～　陽 歌劇院　加尼葉

Attention ＊學習重點看這裡！

「這個／那個是～」的說法

C'est ～（這個／那個是～）	=	ce（這個、那個）	+	est（動詞 être）

讓我們來學習運用上一課出現的不規則動詞être的表達方式c'est～（這個／那個是～）。c'est 的主詞是ce，代表「這個、那個」其中一個意思。ce與je（我）一樣，是放在字首為母音的詞彙前，需進行母音省略的詞彙之一（⇒p.15）。être則變化成「他／她」時的形態est。

例如C'est un croissant.（這是牛角麵包。）或是C'est joli.（這個好漂亮。）這樣的用法，c'est後面可以接名詞或形容詞。

這是什麼？／誰？／何時？

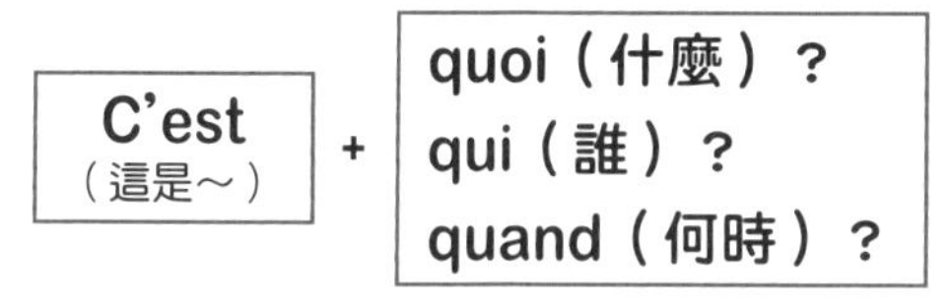

在c'est後面接表示「什麼？」的疑問詞quoi，就形成問句「這是什麼？」，此句型也可以替換成其他的疑問詞。

exemples ✻ 基本例句

這是茶。

C'est du thé.

這是～　一些　陽茶

那真棒！

C'est bien !

這是～　很好

這個人是誰？

C'est qui ?

這是～　誰

馬背上的人？聖女貞德。

Sur le cheval ? C'est Jeanne d'Arc.

在～上面　那匹　陽馬　這是～　聖女貞德

演唱會何時舉行？

C'est quand, le concert ?

這是～　何時　那場　陽演唱會

明天。

C'est demain.

這是～　明天

11 「這是我的朋友。」、「那個皮包是我的。」

說出是誰的東西／這個○○、那個○○的表達方式

兩位朋友看著照片交談。

Shota

這是我的朋友。

C'est mon ami.

這是～　我的　陽 朋友

Cécile

你的朋友個子真高 ！

Il est grand, ton ami !

他　是～　個子高的　你的　陽 朋友

Attention ✻學習重點看這裡！

表示「誰的」的所有格形容詞，與修飾的名詞保持陰陽性、單複數一致

	陽性單數形	陰性單數形	複數形
我的	mon	ma	mes
你的	ton	ta	tes
他的／她的	son	sa	ses
我們的	notre		nos
你們的／您的	votre		vos
他們的／她們的	leur		leurs

＋ 名詞

「他的」和「她的」形態相同。英語中的his和her的變化也同樣皆為son／sa／ses，按照文章脈絡來判斷是哪一方

＊即使放在陰性名詞前，當名詞是母音開頭時，「我的」、「你的」、「他的、她的」也使用mon／ton／son。例如：mon amie（我的女性朋友）

＊按照文章脈絡來判斷是「他的／她的」，還是「他們的／她們的」

在名詞前方加上「我的～」、「你的～」等代表東西屬於誰的所有格形容詞時，需要略加注意。就像當名詞為陰性名詞時，要使用陰性的「我的」、名詞為複數形時要選用複數的「我的」一般，必須配合名詞分開使用陽性形、陰性形、單數形、複數形。若為複數，則和冠詞一樣不區分陰陽性。以下以 frère（兄弟）、sœur（姊妹）兩個詞彙為例來看看是如何變化。

此處希望大家注意的是，「我的」的複數形意思依然是「我的」，只是因為後面接複數名詞才配合改變形態，而非意思變成了「我們的」，請留意這一點。

（這是）我的姊姊。

C'est ma sœur. ➡

這是～　我的　陰 姊姊

（這些是）我的姊姊們。

Ce sont mes sœurs.

這些是～　我的　陰 姊姊們

（這是）我們的姊姊。

C'est notre sœur. ➡

這是～　我們的　陰 姊姊

（這些是）我們的姊姊們。

Ce sont nos sœurs.

這些是～　我們的　陰 姊姊們

兩個朋友在機場接受安檢時的會話。

Paul

這個皮包是妳的嗎？

C'est à toi, ce sac ?

這是～ ～的 妳 這個 陽皮包

Sophie

沒錯，是我的。還有這只手錶也是。

Oui, c'est à moi.

沒錯 那是～ ～的 我

Et cette montre aussi.

還有 那個 陰手錶 也是～

Attention ✻學習重點看這裡！

「誰的東西」的說法

前置詞 à	+	人稱代名詞強調用法 moi、toi、lui、…

moi這個詞彙是否很眼熟呢？這是在第6課出現過的「我」的強調用法。在第6課裡，moi的作用是突顯出主詞和其他事物的對比，但除此之外，moi也能放在前置詞之後使用。此處的à，用法是C'est à～意義為「這是～的東西」。

「這個〇〇、那個△△」的說法

這個／那個	ce	+	陽性單數名詞
	(cet)	+	陽性單數名詞（母音開頭）
	cette	+	陰性單數名詞

這些／那些	ces	+	複數名詞

依指示代名詞而定，ce（這個）在單數時意指「這個／那個」，複數時的意思則是「這些／那些」。讓我們以陽性名詞皮包和陰性名詞手錶為例看看變化。

這個皮包	這只手錶	這些皮包	這些手錶
ce sac	cette montre	ces sacs	ces montres

單數形依名詞的陰陽性變化，複數形陰陽性共通，當陽性單數名詞為母音開頭時，ce變化成和陰性的cette發音相同、拼字不同的cet。

exemples ＊基本例句

將強調用法替換成疑問詞qui（誰），即可簡單組成「這是誰的東西？」的疑問句。

那是誰的東西？

C'est à qui ?

那是～　～的　誰

那是我的東西。

C'est à moi.

那是～　～的　我

請給我那件洋裝。

Cette robe, s'il vous plaît.

那件　陰 洋裝　請、拜託

練習題

1 為下列句子選擇符合中文句意的詞彙，完成句子。

1 我很幸福。（「我」為男性）

Je suis ________________ .

2 妳很開朗。

Tu es ________________ .

3 他們很有禮貌。

Ils sont ________________ .

polis sportive joyeux heureux triste gaie

2 為問句填入適當的疑問詞，使次答顯得恰當。

1 C'est ____________ ?　　C'est Marie.

2 C'est ____________ ?　　C'est aujourd'hui.

3 C'est ____________ ?　　C'est ici.

4 C'est ____________ ?　　C'est une orange.

✱提示　Marie（瑪莉<女性名>）　aujourd'hui（今天）　ici（這裡）

3 為下列詞彙寫出適當的所有格形容詞。

1 (我的) voiture ➡ ____________________

2 (他的) livre ➡ ____________________

3 (我們的) sœurs ➡ ____________________

4 (你們的) professeurs ➡ ____________________

*提示 陰 voiture (汽車) 陽 livre (書)

4 將下列中文句翻譯成法語。

1 這個皮包，是他的嗎？

____.

2 這只手錶是誰的？

____.

3 那是我的。

____.

解答

1 1 heureux 2 gaie 3 polis 2 1 qui 2 quand 3 où 4 quoi

3 1 ma 2 son 3 nos 4 vos

4 1 C'est à lui, ce sac? 2 C'est à qui, cette montre? 3 C'est à moi.

成為母語人士的一份子！貼心的一句話

以下介紹一些鼓勵沮喪的人、給予溫柔回應時常用的句子。

為對方打氣、表達關懷

早日康復 ！

Bon rétablissement !

courage 字義是「幹勁、勇氣」。只寫Courage！ 或者是加上冠詞（⇒p.25）的Du courage!也有相同的意思

加油 ！

Bon courage !

加油 ！祝你好運 ！

Bonne chance !

不要緊。

Ce n'est pas grave.

別放在心上。

T'en fais pas.

給予回應

幸好 ！

Tant mieux !

我很樂意。

Avec plaisir ! ／Volontiers !

avec plaisir 的直譯為「伴隨喜悅」，volontiers則是「主動」，但兩句使用的方法幾乎相同

當然。

Bien sûr.

生活就是如此。（直譯為「那就是人生」）

C'est la vie.

column

Française? française ?

她是法國人。

Elle est française.

她　是～　法國人的

看到這個句子，有些人應該感到很訝異。因為在英語中碰到類似情況時，會像French這種寫法一般，將代表「法國人」的名詞以大寫開頭。實際上，在下列的情況中，法語也會用到大寫開頭的Française。

那個人是法國人。

C'est une Française.

那個　是～　法國人的

這兩個句子有何差異？以大寫開頭的Française前面加了冠詞，小寫開頭的française則無。像Elle est～等等，以表示人的主詞＋être的句型述敘職業或身分之際，後面不加冠詞。沒加上冠詞，代表française並非名詞，而當成形容詞使用。另一方面，以C'est～來表達國籍時，Française要加上冠詞視為名詞。綜合以上所述，發言中用到國名的時候，情況如下：

- 若在句中當成形容詞使用，就以小寫開頭。
- 若在句中當成名詞使用，就以大寫開頭。

因此當使用C'est將國籍單字當成名詞時，別忘了加上冠詞。

12 我有姊姊

不規則動詞avoir（有）、否定的pas de用法

他們正在談論手足。

Paul

妳有兄弟姊妹嗎？

Tu as des frères et sœurs ?

妳　有　一些　陽兄弟　以及　陰姊妹

Sophie

我沒有兄弟，但有一個姊姊。

Je n'ai pas de frère, mais

我　沒有　陽兄弟　但是

j'ai une sœur.

我　有　一名　陰姊姊

Attention ＊學習重點看這裡！

不規則動詞 avoir（有）的動詞變化

	主詞＋avoir的變化		主詞＋avoir的變化
我有	j'ai（母音省略）	我們有	nous avons（聯誦）
你有	tu as	你們／您有	vous avez
他有／她有	il a / elle a（連音）	他／她們有	ils ont / elles ont

先前在第6課學到不規則動詞être（是～）的用法，接下來，讓我們學習如何使用動詞avoir。請注意所有主詞形式碰到這個母音開頭的動詞時，「母音省略」、「連音」、「聯誦」三種合讀規則都會出現。

「沒有」的說法

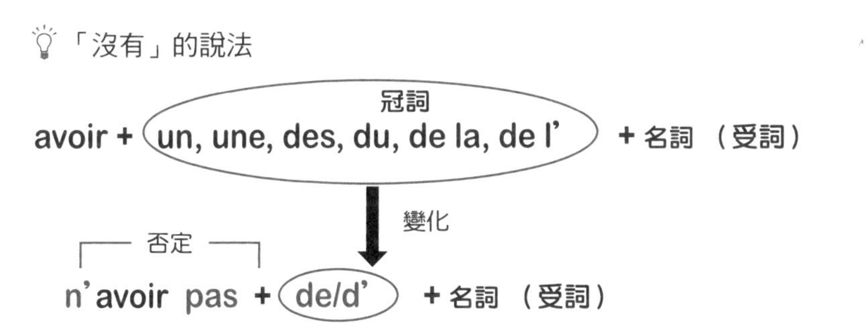

在動詞為avoir的句子中，若受詞加上了un、une、des、du、de la、de l' 等表示不特定事物的數量或分量的冠詞時，在否定句型中，這些冠詞要接在否定的pas之後改為de。

exemples 基本例句

我有一個兒子。

J’ai un fils.

我 有 一個 陽兒子

我沒有女兒。

Je n’ai pas de fille.

我 沒有 陰女兒

家人

家人	陰famille	兄弟	陽frère	女兒	陰fille
父親	陽père	姊妹	陰sœur	小孩	陽陰enfant
母親	陰mère	兒子	陽fils	雙親	複parents

13 我20歲

以動詞avoir及quel âge完成關於年齡的會話

翔太問起賽西兒的年齡。

Shota

妳幾歲，賽西兒？

Tu as quel âge, Cécile ?

妳 有 哪個 陽 年齡 賽西兒

Cécile

我20歲。

J'ai vingt ans.

我 有 20 陽 年

Attention ＊學習重點看這裡！

記住表達年齡的動詞是avoir

主詞+ avoir（有）	+	年齡數字	+	ans（年數）

在法語中，詢問及表達年齡的說法都是使用同一個動詞avoir（⇒p.72），但也有不同之處。

表達年齡時，若是20歲，句型為「我有20年」。代表「年數」的詞彙an，若有1歲大則使用單數形an，2歲以上用複數形ans。

詢問他人年齡時，用âge（年齡）而非an（年數）

詢問他人年齡時的問法是「你有哪個年齡？」，使用quel及âge兩個詞彙。quel（哪個）是疑問形容詞，和âge保持陰陽性、單複數的一致，因此為陽性單數形。

neuf放在ans前，[f]要發音成[v]

我19歲。

J'ai dix-neuf ans.

我 有 19 陽 年

他1歲大。

別忘了連音與聯誦

Il a un an.

他 有 1 陽 年

請問您貴庚？

Vous avez quel âge ?

您 有 哪個 陽 年齡

唸出數字的發音！

讓我們用法語朗讀數字。法語的70和80說法相當獨特，70叫60＋10，80叫4個20。請一邊聽發音MP3，一邊試著一起發音。

數字

0	zéro	15	quinze	71	soixante et onze
1	un	16	seize	80	quatre-vingts
2	deux	17	dix-sept	81	quatre-vingt-un
3	trois	18	dix-huit	90	quatre-vingt-dix
4	quatre	19	dix-neuf	91	quatre-vingt-onze
5	cinq	20	vingt	99	quatre-vingt-dix-neuf
6	six	21	vingt et un	100	cent
7	sept	22	vingt-deux	101	cent un
8	huit	28	vingt-huit	200	deux cents
9	neuf	30	trente	201	deux cent un
10	dix	31	trente et un	1000	mille
11	onze	40	quarante	2000	deux mille
12	douze	50	cinquante	2016	deux mille seize
13	treize	60	soixante		
14	quatorze	70	soixante-dix		

＊放在名詞前使用時，只有1有陰陽性之分。

接下來，也試著唸出年齡、時間、金額的說法。

年齡

1歲	un an	11歲	onze ans	21歲	vingt et un ans
2歲	deux ans	12歲	douze ans	22歲	vingt-deux ans
3歲	trois ans	13歲	treize ans	30歲	trente ans
4歲	quatre ans	14歲	quatorze ans	40歲	quarante ans
5歲	cinq ans	15歲	quinze ans	50歲	cinquante ans
6歲	six ans	16歲	seize ans	60歲	soixante ans
7歲	sept ans	17歲	dix-sept ans	70歲	soixante-dix ans
8歲	huit ans	18歲	dix-huit ans	80歲	quatre-vingts ans
9歲	neuf ans	19歲	dix-neuf ans	90歲	quatre-vingt-dix ans
10歲	dix ans	20歲	vingt ans	100歲	cent ans

只有加在ans與heures前面時，neuf的f發音為[v]

時間

1點	une heure	9點	neuf heures

（時間、～點）是陰性名詞，因此1寫成une

金額

1歐元	un euro	9歐元	neuf euros

除了放在ans與heures前面以外，neuf的f發音依然是[f]

column

談論「好惡」時使用的冠詞

到目前為止，我們學到定冠詞的用途是表示主詞為特定的事物。除此之外，定冠詞還能專門指出事物整個群體當中的某一個「種類」。舉例來說，像「我喜歡馬卡龍」這句話，指的是馬卡龍這個甜點種類。如同談論好惡的情況，當談論的並非該對象的數量時，若其為可量化的名詞，定冠詞使用複數形的les。如此一來，就能表達出「馬卡龍這個種類的東西」的意思。另一方面，如飲料等無法一一計算的名詞，定冠詞則使用單數形的le或是la。請看以下例句。

我喜歡馬卡龍

J'aime les macarons.

我　喜歡　馬卡龍

您喜歡葡萄酒嗎？

Vous aimez le vin ?

您　喜歡　葡萄酒

談論好惡時所用的表達方式，如以下所示。學會靈活運用，即可更加明確地表達自己的情緒　。

- J'adore.（非常喜歡）
- J'aime bien.（很喜歡）

J'adore.的喜愛程度更強烈

- Je n'aime pas.（不喜歡）
- Je déteste.（非常討厭）
- Pas tellement.（不太喜歡）

練習題

1 為下列句子選擇符合中文句意的詞彙，完成句子。

1 他有一個哥哥。

Il a ____________ .

① son sœur ② un frère ③ son frère

2 我是他的哥哥。

Je suis ____________ .

① sa sœur ② un frère ③ son frère

3 這是他們的孩子。（孩子為1人）

C'est ____________ .

① leur enfant ② son enfant ③ leurs enfants

2 正確排列下列法語使其符合中文內容。

1 他幾歲？ âge ／ il ／ quel ／ a

____

2 我們25歲。 avons ／ 25 ／ nous ／ ans

____

3 使用飲料、食物的詞彙以及表示好惡的第一類動詞，將下列中文翻譯成法語。

1 我非常討厭起司。

______________________________ .

2 她很喜歡葡萄酒。

______________________________ .

解答

1 **1** ② **2** ③ **3** ① 2 **1** Il a quel âge ? **2** Nous avons 25 ans.

3 **1** Je déteste le fromage. **2** Elle adore (aime bien) le vin.

14 我正要去巴黎北站

靈活運用不規則動詞aller（去）

美緒似乎正要出門。

Paul

妳好！妳要上哪兒去？

Bonjour！ Tu vas où maintenant ?

日安　妳　去　哪裡　現在

Mio

我正要去巴黎北站赴約。

Je vais à la Gare du Nord.

我　去　往　陰車站　～的　陽北

J'ai un rendez-vous.

我　有　一個　陽約會

Attention ＊學習重點看這裡！

不規則動詞 aller（去）的動詞變化

注意聯誦

	主詞＋aller的變化		主詞＋aller的變化
我去	je vais	我們去	nous allons
你去	tu vas	你們／您去	vous allez
他／她去	il / elle va	他們／她們去	ils / elles vont

繼être、avoir之後，讓我們來學習第三個不規則動詞aller。aller的特徵是僅在主詞為nous和vous時，像一般的第一類動詞（⇒p.48）一樣使用來自於不定式aller的詞幹；至於其他主詞時，則變化成v-開頭的完全不同形態。

仔細觀察主詞為je、tu、il／elle、ils／elles時的形態，可以發現除了je之外，都是在 avoir 的動詞變化前加上字首v-。je為主詞時，在avoir的動詞變化 ai 之後還要再加上 -s。

比照第一類動詞

aller的動詞變化

je v-ai-s	nous all-ons
tu v-as	vous all-ez
il/elle v-a	ils/elles v-ont

加入avoir的動詞變化

avoir 的動詞變化

j'ai	nous avons
tu as	vous avez
il/elle a	ils/elles ont

請比較上方的兩組表格。當主詞相同時，aller和avoir 的發音很相似，一起記住兩個動詞有助於記憶。

💡 靈活運用 aller（去）：冠詞與前置詞的縮寫

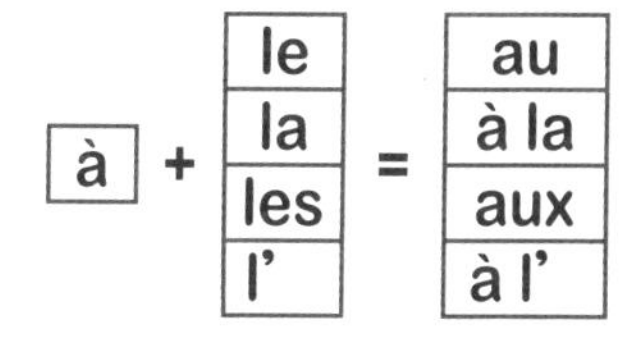

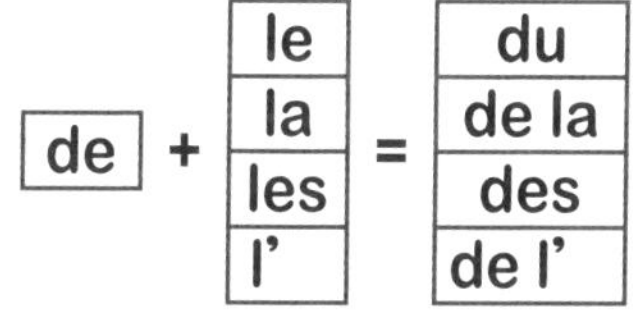

接陰性名詞與母音開頭的名詞時不縮寫

用「去」等動詞表達「前往○○（地點）」的句子，冠詞將與前置詞à縮寫。現在讓我們連同à一起記住表達「來自○○（地點）」時de和冠詞的縮寫用法。

如圖解所示，前置詞à和de與定冠詞le、les融合並形成一個詞彙（冠詞與前置詞的縮寫）。à 和 de 具有各種字義，但這是不分字義適用的規則。不只在文章裡，在指事物的名稱時也採用這個用法。

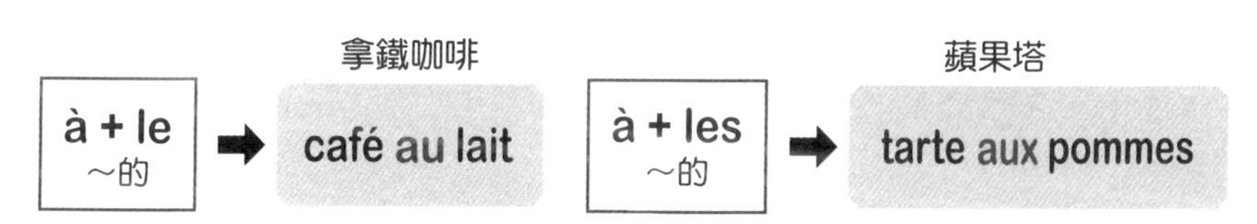

這是兩人在公司走廊擦肩而過時的對話。試著使用更多冠詞+前置的縮寫吧。

Paul

嗨！妳要去哪裡？

Salut ! Tu vas où ?

嗨　妳　去　哪裡

Mio

我要上二樓。那你呢？

Je vais au premier étage. Et toi ?

我　去　往~　第一的　樓　那麼　你

Paul

我正要去廁所。

Moi, je vais aux toilettes.

我　我　去　往~　廁所

會話中使用了au、aux，但au premier étage本來是à + le premier étage，而aux toilettes則是à + les toilettes。請注意廁所是複數名詞。

au premier étage

à+le

aux toilettes

à+les

exemples ＊基本例句

他去麵包店。

Elle va à la boulangerie.

她　去　往~　陰 麵包店

他們去市集。

Ils vont au marché.

他們　去　往~　陽 市集

我去醫院。

Je vais à l'hôpital.

我　去　往~　陽 醫院

替換名詞時也要選擇正確的冠詞

建築物、地點

辦公室	陽 bureau
學校	陰 école
火車站	陰 gare
醫院	陽 hôpital
市集	陽 marché
超級市場	陽 supermarché

旅館	陽 hôtel
咖啡廳	陽 café
圖書館	陰 bibliothèque
書店	陰 librairie
麵包店	陰 boulangerie
餐廳	陽 restaurant

15 要一起來嗎？

venir（來）能夠表達邀約之意

保羅邀請美緒參加音樂節。

Paul

今晚我要去音樂節。要一起來嗎？

Je vais à la fête de la musique

我 去 ~往 那個 陰 慶典 ～的 那個 陰 音樂

ce soir. Tu viens avec moi ?

這個 陽 傍晚 妳 來 和～一起 我

Mio

啊～，今天我有場重要的會議……真可惜。

Ah, j'ai une réunion

啊 我有 一個 陰 會議

importante... c'est dommage.

重要的 那是～ 陽 可惜的事

Attention ＊學習重點看這裡！

邀請別人「要一起去嗎？」的時候，使用venir。

想表達「和我一起」時，加上avec moi

Tu viens（你來） / Vous venez（您來） + avec moi ?（和我一起）

在法語中，在前往某個地方時邀請對方「要來嗎？」的時候，動詞是使用 venir（來）而非 aller（去）。使用前置詞avec（和～）與人稱代名詞的強調用法，組成的意思是「和什麼人一起」，能夠表達出和誰一起行動之意。如果想說「和我一起」，只需加上 avec moi 即可。如果受到邀約，拒絕時也別只說 Non.，像會話內容般次答對方，能夠傳達你的心情。讓我們來看看一些在邀請與受邀時方便好用的句子。

exemples ✻基本例句

「tu veux」的直譯為「你想要」。客氣的說法是「vous voulez」

你也要一起來嗎？請隨意。

Tu viens ? C'est comme tu veux.

你 來 那是～ 依 你 希望

我有約在先。／我有約在先（女性）。

Je suis pris. / Je suis prise.

我 是～ 有事 我 是～ 有事

女性說話時，形容詞pris字尾加e

一起去吧？

On y va ensemble?

我們 那裡 去 一起

好主意。

Bonne idée !

好 陰主意

16 什麼樣的人？什麼樣的東西？

修飾名詞的形容詞位置

保羅和賽西兒在談論他們的日本朋友。

Paul

我有一位日本男性朋友。

J'ai un ami japonais.

我 有 一名 陽男性朋友 日本人

Cécile

我也有一位日本女性朋友。就是那邊穿米色大衣的那位。

Moi, j'ai une amie japonaise.

我 我 有 一名 陰女性朋友 日本人

La voilà, en manteau beige.

她 在那邊 穿著 陽大衣 米色

Attention ＊學習重點看這裡！

一般的形容詞位置

冠詞等 ＋ 名詞 ＋ 形容詞

到目前為止，我們學到了作為句子述詞來形容主詞的形容詞使用方法。現在，來學習例如「熱騰騰的湯」中的「熱騰騰」一般，修飾名詞的形容詞用法吧。

在中文和英語中，形容詞會放在名詞之前，但法語的順序卻是相反，形容詞通常置於名詞之後。

一名日本男性朋友

un ami japonais

冠詞 名詞 形容詞

一名日本女性朋友

une amie japonaise

冠詞 名詞 形容詞

和冠詞一樣，形容詞要與所修飾的名詞保持陰陽性、單複數的一致。如範例所示，顏色是常用的放在名詞後的形容詞。讓我們來看看顏色的表達方式。

exemples 基本例句

她穿著粉紅色的衣服。

Elle porte un vêtement rose.

她 穿著 一件 陽 衣服 粉紅色的

remplacement! 替換這裡的單字！

顏色

顏色	陽性	陰性
黑色的	noir	noire
藍色的	bleu	bleue
灰色的	gris	grise
白色的	blanc	blanche
綠色的	vert	verte
紫色的	violet	violette
黃色的	jaune	
紅色的	rouge	
米色的	beige	

另外，像是下一頁會話中出現的「新的」等幾種形容詞要放在名詞之前。這是常用的形容詞，請記起來。

兩人正談到想要的東西。

Shota

我想要新的手機。

Je veux un nouveau portable.

我 | 想要 | 一個 | 新的 | 陽 手機

Sophie

我想要新的手錶。

Moi, je veux une nouvelle montre.

我 | 我 | 想要 | 一個 | 新的 | 陰 手錶

Attention 學習重點看這裡！

放在名詞前的形容詞

冠詞等 + 形容詞 + 名詞

如新舊、大小、好壞等等，不同於一般形容詞，有幾個常用的形容詞要放在名詞前方。

一間大餐廳

un grand restaurant

冠詞 | 形容詞 | 名詞

一棟大房子

une grande maison

冠詞 | 形容詞 | 名詞

常用的置於名詞前的形容詞

小的	petit
	petite
大的	grand
	grande
好的	bon
	bonne
壞的	mauvais
	mauvaise

漂亮的	joli
	jolie
美麗的	beau / bel
	belle
新的	nouveau / nouvel
	nouvelle
舊的	vieux / vieil
	vieille

另外，就像會話中出現的「新的」一詞，有些詞彙具有兩種陽性形。以「新的」為例，放在子音開頭的名詞前為nouveau，放在母音開頭的名詞前則是nouvel。不過像這樣的形容詞，也只有一種陰性形nouvelle。

nouveau字尾為母音，因此只能接子音開頭的陽性名詞
（法語不喜歡母音連續出現）

以母音開頭的陽性名詞，使用nouvel 來避免母音連續出現

新的手機

nouveau portable

新的一年（新年）

nouvel an

新的手錶

nouvelle montre

陰性形只有nouvelle一種。由於最後的發音為[l]， 無論名詞開頭為母音或子音，都不會連續出現母音

練習題

1 選出aller（去）的動詞變化並畫線連起來。

1 je	•	• a. vas
2 tu	•	• b. va
3 il / elle	•	• c. vais
4 nous	•	• d. vont
5 vous	•	• e. allez
6 ils / elles	•	• f. allons

2 選擇符合下列中文句意的字詞。

1 去上學

aller ___________ école

① en ② au ③ à l'

2 去廁所

aller ___________ toilettes

① au ② aux ③ en

3 來自日本

venir ___________ Japon

① au ② du ③ de le

3 為下列問題選擇適當的答案。

1 Tu viens avec moi ? ___________

① Oui, avec plaisir. ② Je viens de Tokyo.

③ Elles vont avec toi.

2 Tu viens avec moi ? ___________

① Non, tu ne viens pas. ② Oui, tu viens.

③ C'est dommage. Je suis pris.

4 正確排列下列法語使其符合中文句意。

1 **我有一位法國女性朋友。**

une ／ française ／ j'ai ／ amie

____

2 **她想要白色記事本。**

elle ／ blanc ／ veut ／ un ／ carnet

____

3 **他買了一件新衣。**

vêtement ／ il ／ nouveau ／ un ／ achète

____

✱提示 陽 carnet（記事本） 陽 vêtement（衣服）

5 各使用一個適當的冠詞、形容詞與名詞，以法語寫出符合下列中文句意的句子。

1 **一杯好喝的咖啡**

______________________________.

2 **一只黑色手錶**

______________________________.

3 **一些小糕點**

______________________________.

解答

1 **1** c **2** a **3** b **4** f **5** e **6** d 2 **1** ③ **2** ② **3** ② 3 **1** ① **2** ③

4 **1** J'ai une amie française. **2** Elle veut un carnet blanc. **3** Il achète un nouveau vêtement. 5 **1** un bon café **2** une montre noire **3** de petits gâteaux

✧ *column* ✧

放在名詞前的形容詞，需注意複數形！

像「Nous sommes japonaises.（我們是日本人。）」這個句子一樣，當主詞為複數名詞時，依照文法規則，與主詞為相等關係的形容詞也要加上複數形的 -s 字尾。此項規則在「巴黎的朋友」這種修飾名詞的形容詞上也通用。讓我們先來看看在名詞後面接形容詞的例子。

一位巴黎的男性朋友	幾位巴黎的男性朋友
un ami parisien	**des amis parisiens**

不過，放在名詞前面的形容詞需要留意。請記住使用des（幾個）作為冠詞時，des 要變化成de。

一台新手機	幾台新手機
un nouveau portable	**de nouveaux portables**

-以eau 結尾的形容詞複數形加-x字尾

另外，像nouveau／nouvel（新的）這樣有兩種陽性單數形的形容詞，複數也只有nouveaux 一種形態。這是因為複數形容詞的 -x 字尾與後面名詞開頭發音聯誦合讀，母音不連續出現。

時間的表達方式

日、週、月

早晨	le matin
白天	le jour
晚上	le soir
深夜	la nuit

上午	la matinée
下午	l’après-midi
今天	aujourd’hui
明天	demain
昨天	hier

週	la semaine
本週	cette semaine
下週	la semaine prochaine
上週	la semaine dernière

月	le mois
本月	ce mois-ci
下個月	le mois prochain
上個月	le mois dernier

季節

春	陽printemps
夏	陽été

秋	陽automne
冬	陽hiver

年

今年	cette année
明年	l’année prochaine
去年	l’année dernière

17 我可以試穿這雙鞋嗎？

以pouvoir（可以～）徵求許可

美緒來到鞋店買鞋。

vendeur
（店員）

請問有什麼能替您效勞的嗎？

Je peux vous aider ?

我 能夠～ 您 幫助

Mio

這雙鞋有35號嗎？

Vous avez ces chaussures en 35 ?

你 有 這些 陰鞋 ～的 35

vendeur
（店員）

請稍等。

Juste une minute, madame.

只有 一個 陰分鐘 陰夫人

Attention 學習重點看這裡！

使用pouvoir（可以～）徵求許可的說法

peux是pouvoir的動詞變化。主詞為je和tu時，字尾以-x取代-s

Je peux /（我可以） + 動詞原形 + ? = 可以～嗎？

可以試吃嗎？／可以索取試用品嗎？

on peut 意為「我們可以」

On peut avoir un échantillon ?

我們　可以～　有　一個　陽 試用品（樣品）

歡迎試吃。

Vous pouvez goûter.

你　可以～　品嚐

我可以試穿小一號的嗎？

Je peux essayer une taille en dessous ?

我　可以～　試　一個　陰 尺寸　在～　之下的

要表示「更大的」是 au-dessus

有絲巾嗎？

Vous avez un foulard ?

您　有　一條　陽 絲巾

remplacement!
替換這裡的單字！

飾品、配件

項鍊	陽 collier	戒指	陰 bague
耳環	陰 複 boucles d'oreilles	手錶	陰 montre
耳釘	陰 複 boucles d'oreilles (pour des oreilles percées)	太陽眼鏡	複 lunettes de soleil
		手提包	陽 sac à main
手鍊	陽 bracelet	皮帶	陰 ceinture

材質

銀的	argenté(e)	布的	en tissu
金的	doré(e)	絲絹的	en soie
皮革的	en cuir		

18 這個多少錢？

關於價格的會話

賽西兒找到了喜歡的洋裝。

Cécile

這件洋裝多少錢？

Elle coûte combien, cette robe ?

那個 值 多少 這件 陰洋裝

vendeur
（店員）

29歐元50歐分，夫人。

Vingt-neuf euros cinquante, madame.

29 歐元 50 陰夫人

Cécile

我知道了，我要買這件洋裝。

D’accord, je prends cette robe.

瞭解 我 拿 這件 陰洋裝

Attention ＊學習重點看這裡！

詢問東西價格的說法

主詞 要買的東西	+	coûte （價值） 複數為coûtent	+	combien （多少）

這裡學到的是購物時詢問價錢的表達方式。這個句型與中文的「～要多少錢」有些相似，以想問價格的物品當主詞，用代名詞說出「那個」。在法語中，後面是接動詞、「多少」，最後補上具體的物品名稱。句型的結構和「多少錢，這件洋裝？」相同。

exemples
基本例句

鞋子為複數名詞，因此主詞、動詞、「這個」全部要寫成複數形

這雙（這些）鞋子，多少錢？

Elles coûtent combien, ces chaussures ?

那些 值 多少 這些 女鞋子

80歐元。

80 euros.

80 歐元

根據名詞的陰陽性、單複數，ces要變化成ce、cet、cette！

remplacez!
替換這裡的單字！

衣服

女用罩衫	陽 chemisier	大衣	陽 manteau	手套	陽 gants
男用襯衫	陰 chemise	裙子	陰 jupe	圍巾	陰 écharpe
長褲	陽 pantalon	襪子	複 chaussettes	靴子	複 bottes
西裝	陽 costume	背心	陽 gilet	運動鞋	複 baskets
夾克	陰 veste	長袖開襟羊毛衫	陽 cardigan	包鞋	複 escarpins
毛衣	陽 pull	帽子	陽 chapeau	涼鞋	複 sandales

購物時用得到的法語！

前往走在時尚最先端的法國，購物是不可或缺的行程。藉由店員和美緒的會話，幫助你得到愉快的購物經驗。

尋找商品

店員 **Je peux vous aider ?**
需要幫忙嗎？

美緒 **Je cherche un rouge à lèvres.**
我在找口紅。

店員 **Alors, nos nouveautés viennent d'arriver.**
這樣的話，這裡有剛到貨的新商品。

美緒 **Euh... Vous avez d'autres couleurs ?**
嗯……你們還有別的顏色嗎？

常用說法！

Non merci, je veux juste regarder.
不，不必了。我只是隨意看看。

Vous n'avez pas d'autres couleurs?
還有別的顏色嗎？

決定、猶豫

店員 **Ça vous va ?**
您覺得如何？

美緒 **C'est moyen, j'hésite. Je vais réfléchir.**
很普通，我在考慮。我要想一想

店員 **Et celui-ci ?**
那這一款如何？

若商品為陰性名詞，寫法是 Et celle-ci.

Ça me plaît mieux ! Je le prends.
我比較喜歡這種！我選這個。

> 若商品為陰性名詞，寫法是 Je la prends.

包裝、免稅手續

C'est pour un cadeau ?
請問是要送禮的嗎？

Oui, vous pouvez l'emballer ?
是的，可以幫我包裝嗎？

C'est hors taxe ?
這個免稅嗎？

Oui, c'est ça.
是的，沒錯。

Comment on fait pour payer hors taxe?
怎麼辦理免稅手續？

常用說法！

Vous avez des recommandations pour un souvenir ?
我要買送給朋友的紀念品，有什麼推薦的嗎？

C'est pour une femme.
是要送給女性的（紀念品）。

les mots ✻ 新單字

nouveautés	陰 新商品	cadeau	陽 禮物
autre	形 其他的	taxe	陰 稅
mieux	形 更好的	payer	動 支付

化妝品、護膚用品

隔離霜	(陰) base de teint
粉底	(陽) fond de teint
粉餅	(陰) poudre
眉筆	(陽) crayon à sourcils
眼影	(陽) fard à paupières
眼線筆	(陽) eye-liner

腮紅	(陽) fard à joues
口紅	(陽) rouge à lèvres
化妝水	(陰) lotion
乳液	(陰) crème
面膜	(陽) masque
香水	(陽) parfum

市集、跳蚤市場

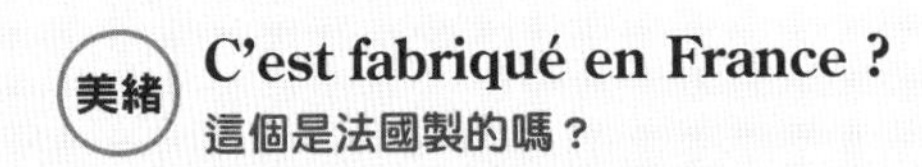

美緒 **C'est fabriqué en France ?**
這個是法國製的嗎？

店員 **Oui, c'est une spécialité de Lyon.**
是的，這是里昂的特產。

美緒 **Ça coûte 20 euros ?! C'est cher !**
要20歐元？！好貴！

市集、跳蚤市場的常見商品

起司	陽 fromage
火腿	陽 jambon
香腸	陰 saucisse
酒	陽 vin
果醬	陰 confiture
奶油	陽 beurre

麵包	陽 pain
糕餅	陽 gâteau
明信片	陰 carte postale
盤子	陰 asssiette
舊書	陽 livre d'occasion
古董雜貨	陰 antiquité

實用小情報！

法國服裝尺寸一覽表

雖然依生產商及設計有所差異，法國製的服裝大都尺寸較大，袖子與衣長更長，請務必詢問店員並實際試穿看看。童裝會標示年齡。ans代表「年」，以每1歲作為一個區間。

	女裝尺寸					男裝尺寸					
台灣	SS (XS) 5	S 7	M 9	L 11	LL (XL) 13	S 36	37	M 38	39	L 40	41
法國	34	36	38	40	42	36	37	38	39	40	41

	童裝尺寸			
年齡	4歲	5歲	6歲	7歲
法國	4ans	5ans	6ans	7ans
台灣	100	110	–	120
年齡	8歲	9歲	10歲	11歲
法國	8ans	9ans	10ans	11ans
台灣	–	130	–	140

19 真想去法國！

以「我們」的on／vouloir（想做～）來表達意願

三個朋友正在安排旅行計畫。

Paul

今年夏天我們要去哪裡玩？

On va où cet été ?

我們　去　哪裡　這個　(陽)夏天

Mio

我想去加拿大！

Moi, je veux aller au Canada.

我　我　想～　去　往～　(陽)加拿大

Shota

我想去法國！

Moi, en France !

我　往～　(陰)法國

Attention ＊學習重點看這裡！

談話時經常用到的「我們」

on （我們）	+	il／elle作為主詞時的動詞變化 （他／她）

on是經常用來替代nous的「我們」口語化用法。雖然意思是「我們」，但請注意動詞變化與il／elle作為主詞時相同。

使用vouloir（想做～）來表達意願的說法

主詞 + vouloir 的變化	+	動詞原形	=	想做～

主詞	+	ne　vouloir 的變化　pas	+	動詞原形
		pas 放在動詞原形前	=	不想做～

表達「想做～」、「不想做～」的意思時，會用到第3課學到的動詞vouloir。表達「想做～」之意時，只需在配合主詞變化過的 vouloir 後面接上「～」部分的動詞原形。

「不想做～」句型，則是將配合主詞變化過的vouloir放在 ne 與 pas 之間，後面接上「～」部分的動詞原形。

exemples ＊基本例句

我們搭計程車。

On prend un taxi.

我們　搭乘　一台　陽 計程車

因為是喝「一些」水，選用部分冠詞

我想喝水。

Je veux boire de l'eau.

我　想～　喝　一些　陰 水

eau是母音，故為de l'

我想去美國。

Je veux aller aux États-Unis.

我 想～ 去 往～ 複美國

remplacez!
替換這裡的單字！

國名

日本	陽Japon
法國	陰France
德國	陰Allemagne
瑞士	陰Suisse
西班牙	陰Espagne
義大利	陰Italie

葡萄牙	陽Portugal
英國	陰Angleterre
中國	陰Chine
韓國	陰Corée
美國	複États-Unis
加拿大	陽Canada

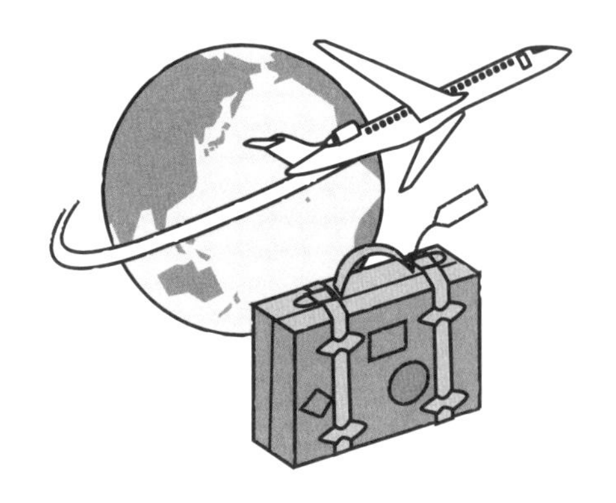

練習題

1 為購物的客人與店員的對話選出適合的句子並畫線連起來。左邊為客人，右邊為店員的發言。

1 Bonjour. •	• **a.** 100 euros.
2 Je cherche un manteau. •	• **b.** Oui, beige, bleu, et blanc.
3 Vous avez d'autres couleurs ? •	• **c.** Oui, bien sûr.
4 Je peux essayer ? •	• **d.** Nos nouveautés viennent d'arriver.
5 Il coûte combien ? •	• **e.** Bonjour, madame.

2 為下列法語加上 vouloir 的動詞變化，改寫成「想做～」的意思。請看提示確認動詞原形。

1 **我們住在巴黎。** **我們想住在巴黎。**

Nous habitons à Paris. ______________________

2 **他去麵包店。** **他想去麵包店。**

Il va à la boulangerie. ______________________

3 **她有一個孩子。** **她想要一個孩子（她想要孩子）。**

Elle a un enfant. ______________________

> **＊提示**　**居住：habiter　去：aller　有：avoir**

解答

1 **1** e **2** d **3** b **4** c **5** a　2 **1** Nous voulons habiter à Paris. **2** Il veut aller à la boulangerie. **3** Elle veut avoir un enfant.

20 有一件漂亮的洋裝

表達「有、在～」的時候，方便好用的il y a

保羅和賽西兒在一家商店前交談。

Paul

這家店裡有一件漂亮的洋裝。

Il y a une belle robe dans ce magasin.

有～ 一件 美麗的 陰洋裝 ～裡面 這間 陽商店

Cécile

真的耶！現在正在特價！

C'est vrai !

這是～ 真的

Il y a des soldes maintenant !

有～ 一些 陽特價品 現在

Attention 學習重點看這裡！

「有、在～」的說法

il y a （有、在～）	+	（冠詞等）	+	名詞

il y a 後面可接單複數詞彙

「有、在～」的表達方式，相當於英語中的there is／are的說法，在法語中則是il y a～。就像從會話中可以看出來的，這個說法單複數皆通用。

此處的il是也能用來表達天氣或時間的形式化主詞，不需要特別思考y及avoir（有～）之動詞變化a有何意義。

exemples ✻基本例句

有一件裙子。

Il y a une jupe.

有～　一件　陰 裙子

有數件洋裝。

Il y a des robes.

有～　幾件　陰 洋裝

否定句需要注意的是，主詞il後面立刻接ne。ne會發生母音省略（⇒p.15）的情形，與後面的y相連結。由於動詞是avoir的變化a，pas接在其後。

這間店沒有長褲。

Il n'y a pas de pantalon dans ce magasin.

有～　沒有　陽 長褲　～的裡面　這間　陽 商店

a (avoir)後面的冠詞換成de（⇒p.73）！

一定要會的實用簡單會話

逛街時用得到的法語！

法國是觀光景點多不勝數的觀光大國。以下來看看在逛街時可以派上用場的會話，讓大家前往初次造訪之地一樣能暢行無阻！

向人問路

Où est la Poste, s'il vous plaît ?
請問郵局在哪裡？

Allez tout droit.
請直走。

Tournez à gauche (droite).
請向左（右）轉。

Prenez la première rue à droite.
在第一個街口右轉。

Traversez la rue. C'est devant le cinéma.
穿越馬路，就在電影院前方。

devant	derrière	à côté de
前方	後方	側面

C'est loin ?
很遠嗎？

C'est à cinq minutes à pied.
步行五分鐘就到了。

cinq 在子音前發近似「桑」的音

常用說法！

Pour aller à la Poste, s'il vous plaît ?
請告訴我郵局怎麼走。

Je me suis perdu(e).
我迷路了。

Nous sommes où ?
我們人在哪裡？

在地鐵站

Pour aller à Saint-Michel, s'il vous plaît?
請問要怎麼（搭車）前往聖米歇爾？

Prenez le RER A direction Nation jusqu'aux Halles et changez pour la ligne 4 direction Porte d'Orléans.
搭乘開往Nation的RER A線，到巴黎大堂換乘開往奧爾良門站的4號線。

les mots ＊新單字

loin	形 遠的	changez	動 改變（原形為changer）
à pied	徒步		
direction	方向、開往～	jusqu'aux Halles	直到巴黎大堂

實用小情報！

法國觀光聖地

- 凱旋門 L'Arc de Triomphe
- 香榭大道 Les Champs-Élysées
- 艾菲爾鐵塔 La Tour Eiffel
- 凡爾賽宮 Le Château de Versailles
- 羅浮宮 Le Musée du Louvre
- 奧塞美術館 Le Musée d' Orsay
- 塞納河 La Seine

21 做運動、購物

以faire（做）、aimer（喜歡）來談論興趣

保羅等人正在談論運動話題。

Paul

我有在滑雪。你們有運動的習慣嗎？

Je fais du ski.

我　做　一些　陽 滑雪

Et vous, vous faites du sport ?

那麼　你們　你們　做　一些　陽 運動

Mio

有啊，我會去游泳。

Oui, je fais de la natation.

是的　我　做　一些　陰 游泳

Shota

我喜歡健行。

Moi, je fais des randonnées.

我　我　做　一些　陰 健行

Attention ＊學習重點看這裡！

nous 的faisons 發音為 [fəzɔ̃]

vous的faites發音為[fɛt]

faire（做）的動詞變化

	主詞＋faire的變化		主詞＋faire的變化
我做	je fais	我們做	nous faisons
你做	tu fais	你們／您做	vous faites
他／她做	il / elle fait	他／她們做	ils / elles font

表現各種動作時，faire（做）是相當方便動詞。faire在主詞為複數的vous、ils／elles 時呈不規則變化，什麼也別想、直接背下來吧。而在 je 到nous的範圍，符合第1課學到的第二類動詞規則。 請注意主詞為 nous 時，開頭母音採用例外讀音。

exemples ＊基本例句

我會演奏音樂。

Je fais de la musique.

我 做 一些 陰音樂

我打網球。

Je fais du tennis.

我 做 一些 陽網球

由於是打「一些時間」的網球，這裡選擇部分冠詞

remplacez! 替換這裡的單字！

運動

足球	陽football
棒球	陽baseball
籃球	陽basket-ball
排球	陽volley-ball

桌球	陽ping-pong
騎馬	陰équitation
溜冰	陽patinage
慢跑	陽jogging

試著詢問關係變得親近的朋友有什麼興趣。

Cécile

你喜歡做些什麼？

Qu'est-ce-que tu aimes faire

什麼　你　喜歡　做

en général ?

平常

Shota

我喜歡聽音樂。妳呢？

J'aime écouter de la musique.

我　喜歡　聽　一些　陰 音樂

Et toi ?

然後　你

Cécile

我喜歡逛街購物！

J'aime faire du shopping !

我　喜歡　做　一些　陽 購物

Attention ＊學習重點看這裡！

以qu'est-ce que來詢問「你都做〇〇？」

qu'est-ce que	+	主詞　+　動詞

「喜歡做～」的說法

aimer的動詞變化（喜歡）	+	動詞原形

如會話內容所示，詢問「你喜歡做什麼事？」以及更加普遍的「你在做什麼？」的時候，以qu'est-ce que來代表「什麼」。另外，想表達「喜歡做～」的意思時，只需在aimer的動詞變化後面接上動詞原形。

exemples ✽基本例句

您喜歡做些什麼？

Qu’est-ce que vous aimez faire ?

什麼 您 喜歡 做

我喜歡吃東西。

J’aime manger.

我 喜歡 吃

會話中的en général意為「一般、平常」，不必特別說出來也能瞭解

remplacez! 替換這裡的單字！

動作、嗜好

睡覺	dormir
進食	manger
閱讀	lire
烹飪	cuisiner

游泳	nager
工作	travailler
學習	étudier
旅行	voyager

看電影	regarder des films
購物	faire du shopping
拍照	prendre des photos

22 今天是幾號？星期幾？

日期與星期的說法、問法

他們正談論到今天是幾號。

Paul

今天是7月14號吧。

Nous sommes le quatorze juillet aujourd'hui.

我們 是～ 14日 7月 今天

Cécile

沒錯！是節日！

Oui ! C'est férié !

是的 那是～ 陰 節日

Attention 學習重點看這裡！

日期的說法、問法

Nous（我們）+ sommes（是～）+ le + 說出日期時：日 + 月 ／ 詢問的時候：combien（多少）

按照日期⇒月分順序

一定要加le

表達日期時，主詞要使用nous，動詞則是être的動詞變化sommes，也別忘了為日期加上定冠詞 le。詢問日期時，將代表「多少？」的疑問詞combien當作名詞使用。

exemples
基本例句

去掉 le的Nous sommes six意思是「我們有6人」，變成是在談論人數

今天是6號。

Nous sommes le six.

我們　是～　6日

別忘了在combien前方加上le

今天是幾號？

Nous sommes le combien aujourd'hui ?

我們　是～　多少（幾天）　今天

提到月分時要排在日期之後。請注意月分的詞彙，不像英語一樣以大寫開頭。在上一課裡，我們學到了口語化的on（我們）一詞，而on也能在表達日期時使用。

今天是幾號？

On est le combien ?

我們　是～　多少（幾天）

用序數的premier（第一）而非un來表示1日！

6月1日。

On est le premier juin.

我們　是～　1日　6月

12個月

1月	陽janvier	5月	陽mai	9月	陽septembre
2月	陽février	6月	陽juin	10月	陽octobre
3月	陽mars	7月	陽juillet	11月	陽novembre
4月	陽avril	8月	陽août	12月	陽décembre

聽到外頭人聲鼎沸，美緒詢問今天是星期幾……

今天是星期幾？

Nous sommes quel jour aujourd'hui ?

我們　是～　哪一個　陽 日子　今天

星期五。今天有市集。

Nous sommes vendredi.

我們　是～　星期五

C'est le jour du marché.

這是～　那個　陽 日子　～的　陽 市集

Attention ＊學習重點看這裡！

星期的說法、問法

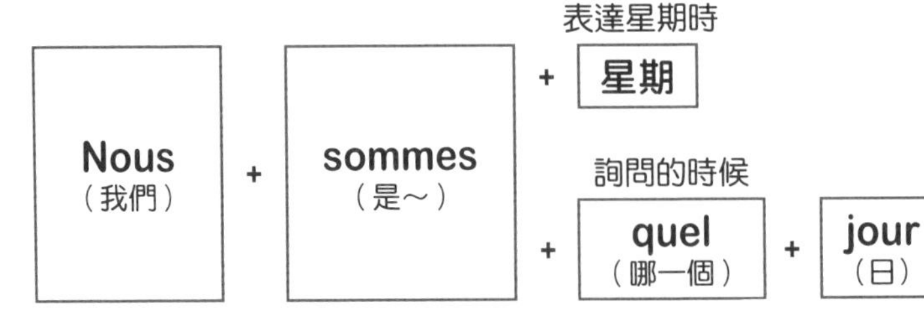

詢問星期的時候，使用代表「哪一個」、「什麼」的quel，意思相當於中文「星期幾」的「幾」。jour的意思是「日」，因此quel jour直譯為「哪一個日子」，用法是（一星期中的）什麼日子＝星期幾。

quel 共有四種形態，第23課將進行詳細的說明。像形容詞一樣，其形態依照對應名詞的陰陽性、單複數而變化。此處的quel 與 jour（日）保持一致，為陽性單數形。

和詢問日期的說法一樣，可以口語化地使用on來代替 nous。

exemples 基本例句

今天是星期幾？

On est quel jour ?

我們　是～　哪一個　陽 日子

今天是星期四。

On est jeudi.

我們　是～　星期四

remplacez! 替換這裡的單字！

要講星期幾時，不需要跟日期一樣加上 le。另外，和英文的星期幾必須大寫的情況不同，法文是使用小寫開頭。

星期相關的說法

星期一	陽 lundi	星期四	陽 jeudi	星期日	陽 dimanche
星期二	陽 mardi	星期五	陽 vendredi	週	陰 semaine
星期三	陽 mercredi	星期六	陽 samedi	日	陽 jour

23 您會說什麼語言？

「哪種／什麼〇〇」、「〇〇是什麼」的發問方式

蘇菲問翔太會說哪些語言。

Sophie

您會說什麼語言？

Vous parlez quelles langues ?

您　說　哪種　陰 語言

Shota

我擅長英語，也會說一點法語。

Je parle bien anglais et un peu français.

我　說　很好　陽 英語　而且　一點　陽 法語

Attention ＊學習重點看這裡！

詢問「哪種／什麼〇〇」的方式

quel(s) quelle(s) (哪種／什麼)	+	名詞

依陰陽性、單複數變化

代表「哪種／什麼」的quel，配合填在「哪種〇〇」、「什麼〇〇」空格處的名詞陰陽性與單複數，共有四種形態。

我們上一課學到以quel jour這種說法來詢問「星期幾」。這個用法中的quel配合jour，為陽性單數形。

出現在上方會話中的quelles，配合langues（語言）變化為陰性複數形。由於發問時預想對方或許會說兩種以上的語言，因此用了複數形。讓我們以名詞為例，整理這四種形態。

quel 的陰陽性與單複數變化

	陽性	陰性
單數	quel jour（星期幾）	quelle heure（幾點）
複數	quels pays（哪個國家）	quelles langues（什麼語言）

注意連音與聯誦

陰性形quelle為陽性形重複字尾的子音l後再加上e，而複數形加上s。兩者的發音皆相同。若後面的名詞以母音開頭，請注意要依照連音或聯誦規則合讀。

exemples ✽基本例句

您幾點出發？

Vous partez à quelle heure ?

您　出發　在~　哪個　陰時刻

quelle heure、sept heures 要連音

我7點出發。

Je pars à sept heures.

我　出發　在~　7　陰時刻

使用quelle與第1課學到的第二類動詞partir（出發）來詢問時間。由於問「幾點」時用到陰性名詞heure（時刻）的單數形，「哪個」也配合變化為陰性單數形的quelle。

搭上計程車後，司機向客人詢問目的地。

chaufffeur
（計程車司機）

地址是哪裡？

Quelle est votre adresse ?

什麼　是～　妳的　陰 地址

Mio

共和國街18號。

18 rue de la République.

18號　街　～的　陰 共和國

Attention ＊學習重點看這裡！

quelle在會話中和adresse保持一致，為陰性單數形

「○○是什麼」的詢問方式

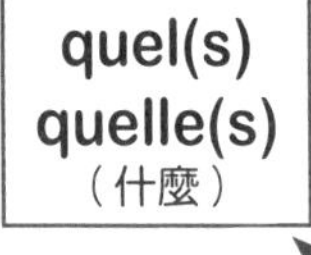

＋ être的動詞變化 ＋ 主詞

與主詞的陰陽性、單複數一致

在類似「地址是○○」這種以述詞○○提供主詞資訊的句子中，要使用quel(s)、quelle(s)來詢問○○部分。除了依據名詞表示「什麼～」的意思之外，在此處quel本身即作為述詞，具有「什麼」的含意。

exemples ＊基本例句

形容詞 préférés 的意思為「偏好的」，加上s變化為複數形

你喜歡什麼電影？

Quels sont tes films préférés ?

什麼　是～　你的　陽 電影　偏愛的

練習題

1 選出適合下列問題的次答並畫線連起來。

1 Qu'est-ce que tu aimes faire ? •

2 Nous sommes quel jour aujourd'hui ? •

3 Ils font du sport ? •

4 Il y a des jupes dans ce magasin ? •

5 Nous sommes le combien aujourd'hui ? •

• **a.** Nous sommes le dix septembre.

• **b.** J'aime faire du shopping.

• **c.** Oui, beaucoup.

• **d.** Nous sommes lundi.

• **e.** Oui, ils sont sportifs.

2 為下列句子從quel、quelle、quels、quelles當中選擇正確答案，完成句子。

1 您喜歡哪種日本料理？

Vous aimez ____________ plats japonais?

2 她們唱什麼歌？

Elles chantent ____________ chansons ?

3 今年的計畫是什麼？

____________ sont vos projets pour cette année?

4 你的車是哪個廠牌？

____________ est la marque de ta voiture?

*提示
陽 plat（料理）　陰 chanson（歌）
陽 projet（計畫）　前 pour（為了～的）　陰 marque（品牌）

解答

1 **1** b **2** d **3** e **4** c **5** a

2 **1** quels **2** quelles **3** Quels **4** Quelle

身體不適的時候

在國外碰到身體不適的時候，若能夠表達哪邊痛或不舒服會更加方便。想表達「……痛。」的時候，請在J'ai mal後面接上疼痛部位。使用此句型時。將下表列出的法語單字替換到句子中。同時也請一起記住詢問他人身體狀況的表達方式。

詢問身體狀況

你怎麼了？

Qu'est-ce que tu as ?

你生病了嗎？

Tu es malade ?

回答自己身體不適

我……痛。

J'ai mal ______________

mal要和後面接à／au／aux一起發音

頭	à la tête.
眼睛	aux yeux.
牙齒	aux dents.
喉嚨	à la gorge.
脖子	au cou.

肩膀	aux épaules.
肚子	au ventre.
背部	au dos.
腿	aux jambes.
腳	aux pieds.

噁心想吐	J'ai mal au cœur.
發燒	J'ai de la fièvre.
感冒	Je suis enrhumé(e).
狀況不佳	Je ne suis pas en forme.

成為母語人士的一份子！有效的一句話

看看以下常用句就能發現，以法語說出自己的心情或求助是多麼簡單。

表達情緒

好耶～ ！

Super !

真感動 ！

Ça m'a ému (e) !　(Je suis ému(e) !)

好痛 ！

Aïe !

真可惜 ！

Quel dommage !

我很懷疑 ！我很吃驚 ！

Ça m'étonne !

可不是嗎？

N'est-ce pas ?

想表達「你不這麼認為嗎？」、「就是說吧？」，無論用什麼句型，只要在最後加上這一句即可

遇到麻煩時

怎麼辦 ！

Qu'est-ce que je vais faire ?

dieu 的意思是神，直譯為「上帝啊！」

救命 ！

Au secours !

天哪 ！

Mon dieu !

24 感覺有點冷

以avoir（有）來表達感覺

兩人談論到房間的溫度。

Shota

我感覺有點冷。您呢？

J'ai un peu froid. Et vous ?

我 有 一點 陽冷 然後 您是

Cécile

我反倒覺得熱。

Moi, j'ai plutôt chaud.

我 我 有 反倒 陽熱

Attention 學習重點看這裡！

以avoir（有、正有）來表達感覺

avoir（正有）	+	程度副詞 一點、非常等	+	感覺名詞 熱、冷等	=	表達感覺 覺得熱、覺得冷等

讓我們來學習幾種日常生活中常見的avoir（⇒p.72）慣用表現。avoir 會用在相當於英語中動詞be和形容詞的表達方式上。

exemples 基本例句

我很熱。

J'ai chaud.

我 有 陽熱

我很冷。

J'ai froid.

我 有 陽冷

我口渴。

J'ai soif.

我 有 陰口渴

我餓了。

J'ai faim.

我 有 陰飢餓感

我睏了。

J'ai sommeil.

我 有 陽睡意

我害怕。

J'ai peur.

我 有 陰恐懼

在名詞前方加上「一點」、「非常」等程度副詞。另外，表示否定的ne與pas的pas也放在名詞前。

我們有點餓。

Nous avons un peu faim.

我們 有 一點 陰飢餓感

我不餓。

Je n'ai pas faim.

我 沒有 陰飢餓感

他們非常害怕。

Ils ont très peur.

他們 有 非常 陰恐懼

25 天氣真好

天氣的說法、問法

兩人在巴黎和東京兩地談論天氣。

Pierre

巴黎的天氣如何？

Il fait quel temps à Paris ?

正在　怎麼樣　陽 天氣　在~　巴黎

Mio

天氣很好。東京呢？

Il fait beau. Et à Tokyo ?

正在　很好　那麼　在~　東京

Pierre

是雨天。雨季到了。

Il pleut. C'est la saison des pluies.

正在下雨　那是~　陰 季節　~的　雨

Attention ＊學習重點看這裡！

天氣的表示法

Il（主詞）＋ fait（動詞）＋ 表示天氣的形容詞

Il（主詞）＋ 表示天氣的動詞

天氣的詢問法

Il 主詞	+	fait 動詞	+	quel temps （怎樣的天氣）

意思是「什麼天氣」

表達天氣時使用不含意義的形式化主詞il，與英語中用來表達天氣、時間的it十分相似。至於法語的特徵，則是與形容詞並用faire。其中也有不套用faire＋形容詞句型，而是單獨以動詞來表現的用法。

也可以用來描述一般的「下雨」

天氣真好。

Il fait beau.

正在　很好

正在下雨。

Il pleut.

正在下雨

remplacez!
替換這裡的單字！

天氣、氣候

不佳	mauvais
多雲	nuageux
炎熱	chaud
寒冷	froid
溫暖	doux

涼爽	frais
潮濕	humide
乾燥	sec
下雪	Il neige.

注意
這是Il＋表示天氣的動詞句型

另有以il y a「有～」來表達的用法。

現在是陰天。

Il y a des nuages.

有～　一些　陽雲

表達「狂風暴雨」的說法為Il y a de la tempête.

26 試著表達現在幾點

時間的表達方式

皮耶爾從日本打電話到有時差的法國。

Pierre

現在法國是幾點？

Il est quelle heure maintenant en France ?

是～　什麼　陰時刻　現在　在～　陰法國

Mio

1點半。

Il est une heure et demie.

是～　1　陰時刻　和　一半

Attention ✽ 學習重點看這裡！

時間的表達方式

〇〇分的「分」通常省略只寫數字

Il est（是～）	+	〇〇 heure(s) 〇〇（時刻）

和天氣一樣，時間的表達方式也使用形式化主詞il。不同之處在於表達時間所用的動詞並非faire（做），而是如英語的動詞be般使用être。

exemples
✻基本例句

○○時○○分中的「分」通常會省略。代表「時刻」的heure為陰性名詞，因此說「1點」的時候，陰陽性兩者皆具的「1」要寫成陰性形une。表達2點以後的時刻時，heure要變化為複數形heures。

1點30分。

Il est une heure trente.

是～ 陰1 陰時刻 30（分）

半小時為et demie，30分的說法trente，用哪一種都OK！

2點。

Il est deux heures.

是～ 2 陰時刻

詢問時間的句型和問天氣的句型相同，將時間部分替換成quelle heure（什麼時間）。

現在幾點？

Il est quelle heure ?

是～ 什麼 陰時刻

quelle和heure保持陰陽性、單複數一致（陰性單數）

用et quart（～點15分）、et demie（～點半）、moins（差～分）來表示時間十分方便。

3點15分。

Il est trois heures et quart.

是～　3　陰時刻　和　陽15分

5點半。

Il est cinq heures et demie.

是～　5　陰時刻　和　一半

差10分6點。（5點50分。）

Il est six heures moins dix.

是～　6　陰時刻　～前　10分

中午12點和凌晨0點另有別的說法。

中午12點。

Il est midi.

是～　陽正午

凌晨0點。

Il est minuit.

是～　陽0點

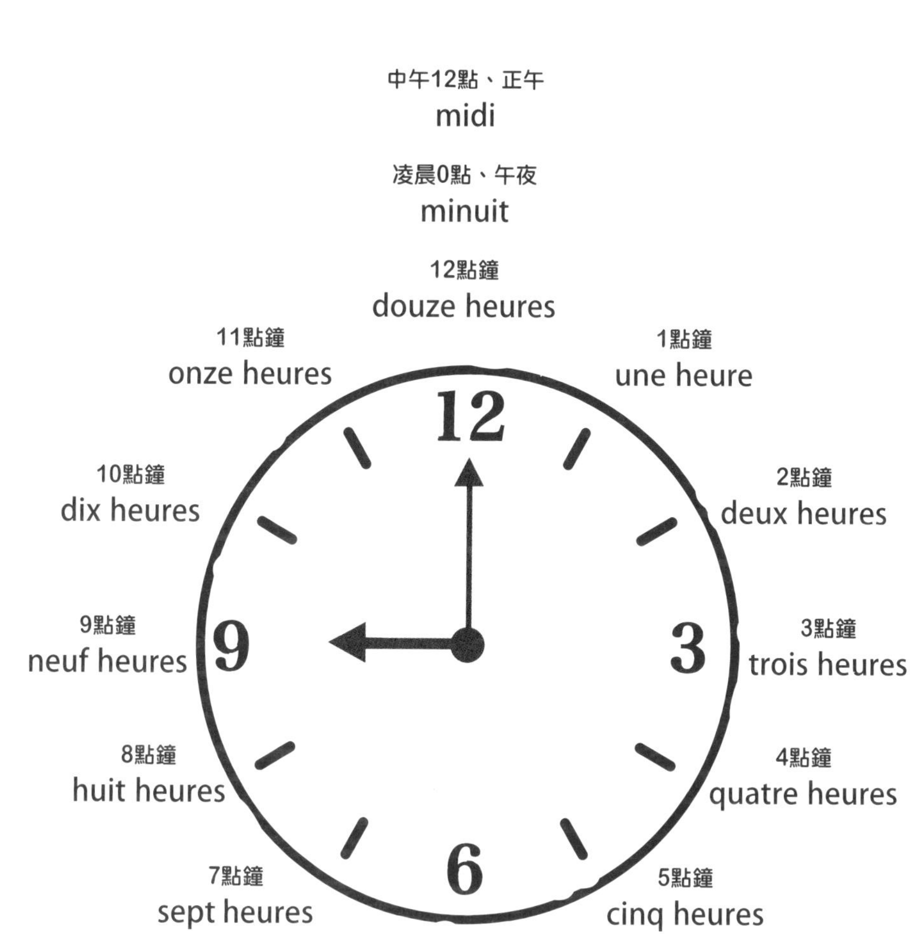
中午12點、正午
midi
凌晨0點、午夜
minuit
12點鐘
douze heures
1點鐘
une heure
2點鐘
deux heures
3點鐘
trois heures
4點鐘
quatre heures
5點鐘
cinq heures
6點鐘
six heures
7點鐘
sept heures
8點鐘
huit heures
9點鐘
neuf heures
10點鐘
dix heures
11點鐘
onze heures
12
3
6
9

27 我該走了 ！

在表達「必須」時使用的il faut

沒準時赴約，讓翔太他們很慌張。

Shota

我們已經遲到了！

On est déjà en retard.

我們　是～　已經　延誤

Sophie

真的嗎？我們得立刻出發 ！

C'est vrai ?

那　是～　真的

Il faut partir tout de suite.

非得～不可　出發　立刻

Attention ＊學習重點看這裡！

「非得～」、「必須有～」的表示方式

Il faut（非得～不可）+ **動詞原形** → 表達「非得做～」時使用

Il faut（非得～不可）+ **（冠詞等）** + **名詞** → 表達「必須有～」時使用

繼第25、26課之後，接著來掌握另一種使用形式化主詞il的實用表現方法吧。動詞falloir（非得～不可、有必要～）只用il作為主詞，其現在式為il faut～，後面接其他動詞的原形，代表「非得～不可」。

exemples ✽基本例句

必須攝取蔬菜 ！

翻到p.25重新確認冠詞！

Il faut prendre des légumes !

非得～不可　取得　一些　男蔬菜

不只動詞，也可以接名詞。

需要一顆蛋、鹽巴和水。

Il faut un œuf, du sel et de l'eau.

必須有～　一顆　陽蛋　一些　陽鹽　和　一些　陰水

要表達「需要什麼東西？」的疑問句時，使用「qu'est-ce que」來表達「什麼」。qu'est-ce que通常放在句子開頭（⇒p.112）。

需要什麼東西？

Qu'est-ce qu'il faut ?

什麼　必須有～

練習題

1 以法語寫出下列句子。

1 **你餓了？**

____

2 **Marie很睏。**

____

3 **她們很害怕。**

____

2 選出符合下列中文句的法語並畫線連起來。

1 天氣真好。	•	• **a.** Il pleut.
2 正在下雨。	•	• **b.** Il fait doux.
3 很暖和。	•	• **c.** Il fait frais.
4 正在下雪。	•	• **d.** Il neige.
5 很涼爽	•	• **e.** Il fait beau.

3 為下列問題選擇適當的答案。

1 8點半。

Il est ____________________.

① Il est midi ② une heure et demie

③ huit heures et demie

2 4點15分。

Il est ____________________.

① quatre heures et quart ② quatorze heures et quart

③ quatre heures et demie

3 差10分中午12點。（中午11點50分。）

Il est ____________________.

① midi dix ② midi moins dix ③ minuit moins dix

4 閱讀下列問題後，使用il faut與表示動作的動詞，以法語寫出符合文意的「必須～」句。

1 J'ai faim.（我餓了。）

➡ ______________________________

2 J'ai sommeil.（我睏了。）

➡ ______________________________

解答

1 **1** Tu as faim ? **2** Marie a sommeil. **3** Elles ont peur. 2 **1** e **2** a **3** b **4** d **5** c 3 **1** ③ **2** ① **3** ② 4 **1** Il faut manger.（我必須吃東西。） **2** Il faut dormir.（我必須睡覺。）

column

法國人很高傲？

大家對法國人抱持什麼樣的印象？經常聽說有人認為「法國人看起來很高傲」、「感覺用英語攀談他們會不理不睬」。後者的看法並非單純的印象，我也多次聽過前往法國旅行的人實際碰到類似的經驗。「法國人很高傲，不肯說法語之外的語言」這種印象應該也是由此而生。

我在法國生活時，並未感覺到在當地認識的人「很高傲」。不過依照地區及年齡層、相遇的情境不同，互動的感覺想必有很大的差異。我結識當地人的共通點是以法語和對方溝通。結果發現他們大都很健談，當我碰到困難時也會伸出援手，和我在國內遇到的情形沒有多大的不同。許多法國人熱愛母國或家鄉地區並深感自豪，但他們並未因此對其他國家漠不關心。這和前往法國以前聽說的印象截然不同，甚至令我感到意外。

只是，如果我用英語攀談，說不定他們就不會搭理我。但並非代表法國人懂得英語卻不肯次答，我想在大多數情況下，他們是純粹不會講英語。在我認識的法國朋友與舊識當中，有許多人都不擅英語。總之，沒有理會與其說是高傲，不如說是覺得難為情的表現。

試著想想，前往國外時，盡可能用該國家的語言向人攀談是種禮貌，我們也曾有過聽到外國人說自己國家語言而感到開心的經驗。對於嘗試以法語交談的外國人，法國人會給予非常溫暖的次應。希望大家務必鼓起勇氣，試著用法語向他們攀談！

社群網站及手機可用的簡稱、表情符號

學會運用簡稱及表情符號，就能在結識法國朋友後，在社群網站上展開口語化的溝通。簡稱的變化方式大都是省略母音，或用發音相同、拼字簡單的詞彙來替換。

簡稱

bonjour. = bjr
日安。

bonsoir. = bsr
晚安。

À plus. = A+
待會見。

法語的+符號唸作plus，發音相同

À un de ces quatre. = A12C4
下次見。

s'il vous plaît. / s'il te plaît. = svp / stp
拜託您了。

j'ai = g
我有

J'ai 唸作[ʒe]，和法語字母的g發音相同

Rien à signaler. = RAS
沒什麼問題。

beaucoup = bcp
很多

mort意思是「死亡」，rire則是「笑」，這句話意指「快笑死了」

c'est-à-dire = cad
總之

mort de rire. = mdr
爆笑

表情符號

向右翻轉，看起來就像眼睛與嘴巴！

:)
笑容

: P
吐舌頭

: D
張口大笑

: (
生氣

;)
眨眼

28 請出示您的護照

請求他人做某件事時使用的祈使句

機場航務人員和美緒的對話。

officier
（航務人員）

請出示您的護照。

Montrez votre passeport.

請出示　您的　陽 護照

Mio

在這裡。

Voilà !

在這裡

Attention ＊學習重點看這裡！

祈使句的寫法

只有動詞變化！

＋ 動詞變化

Tu chantes.

唱啊！

祈使句是請求或命令他人做某件事時使用的句型。法語和英語一樣，拿掉敘述句的主詞即可輕鬆改成祈使句。由於請求或命令的目標都是對方，因此是對主詞為tu（你）或vous（您、你們）的句子中拿掉主詞。

exemples
基本例句

你睡覺。 → 去睡覺！

Tu dors. → **Dors !**

你 睡覺 → 去睡覺

你出去。 → 給我出去！

Vous sortez. → **Sortez !**

你 出去 → 給我出去

詞為nous時也能改寫成祈使句。由於指稱包含自己在內，句意是「做～吧！」。

我們交談。 → 來聊聊吧！

Nous parlons. → **Parlons !**

我們 交談 → 來聊聊吧

寫原形字尾為-er的第一類動詞與aller（去）的祈使句時需注意的是，當主詞為tu，也就是向一名關係親近的對象發言時，在祈使句中要去掉動詞變化字尾的-s。

你跳舞。 → 跳舞吧！

Tu danses. → **Danse !**

你 跳舞 → 跳舞吧

你去看醫生。 → 去看醫生！

Tu vas chez le médecin. → **Va chez le médecin !**

你 去 ～那裡 陽 醫生 → 去 ～那裡 陽 醫生

29 週末有什麼計畫？最近發生什麼事情？

不久之後的未來、不久之前的過去的表達方式

兩人正在談論週末要如何度過。

Paul

妳這個週末有什麼計畫？

Qu'est-ce que tu vas faire
什麼 妳 即將 做

ce week-end ?
這個 陽 週末

Mio

我要去滑雪。要一起來嗎？

Je vais faire du ski.
我 即將 做 一些 陽 滑雪

Tu veux venir avec moi ?
你 想～ 來 和～ 我

Attention ＊學習重點看這裡！

表達不久之後的未來的說法

主詞 ＋ aller（去）的現在式變化 ＋ 動詞原形

參閱p.80確認aller的動詞變化

要談論有關「預計做～」、「即將做～」等不久後的未來時，請在動詞原形前加上aller的現在式變化。無論含意或句型結構，都類似英語中在go的現在進行式後接to不定詞的be going to～用法。

exemples 基本例句

我們的電車就要開了。

Notre train va partir.

我們的　陽火車　即將～　出發

今晚會下雨。

Il va pleuvoir ce soir.

即將～　下雨　這個　陽晚上

使用形式化主詞 il 時，規則依然相同！

寫否定句時，將aller的現在式變化放在ne...pas之間。

我不打算和他出去。

Je ne vais pas sortir avec lui.

我　不打算～　出去　和～　他

在某些情況下，「aller＋動詞」的原形代表不分現在或未來的「去做某件事～」。

我一年去探望雙親一次。

Je vais voir mes parents une fois par an.

我　去～　看　我的　複雙親　1　陰次　每　陽年

兩人在午餐時間遇見時的對話。

Paul

餓了嗎？我們這就去吃飯吧？

Tu as faim ? On va manger ?

妳 有 ㊛飢餓感 我們 去 吃

Mio

對不起，我才剛吃完午餐。

Désolée,

對不起

je viens de finir mon déjeuner.

我 才剛～ 結束 我的 ㊚午餐

Attention ✽學習重點看這裡！

表達不久之前的過去的說法

主詞	+	venir 的現在式（來）	+	de	+	動詞原形

表達「才剛做完～」這種不久前才發生的事時，使用在venir的現在式變化（⇒p.151）後面接de再接動詞原形的句型來表現。

您妹妹剛好在昨天抵達。

Votre sœur vient d'arriver hier.

您的　女 妹妹　才剛～　抵達　昨天

別忘了加de

移動的動詞

進入（第一類）	entrer
出去（第二類sor-／sort-）	sortir
歸來（第一類）	rentrer

返次（第一類）	retourner
停留（第一類）	rester
搬家（第一類）	déménager

到p.34複習兩類動詞！

請注意，若venir後面不接de，而是直接接動詞原形，句子的意思會變成「來做～」。

他們明天要來看看我的花園。

Ils viennent voir mon jardin demain.

他們　來　看　我的　陽 花園　明天

他們昨天才剛來看過我的花園。

Ils viennent de voir mon jardin hier.

他們　才剛做過　看　我的　陽 花園　昨天

30 我早睡早起

談論日常生活的行動

兩人正談論到生活節奏。

Shota

我通常都晚睡。

Je me couche tard en général.

我 使自己 躺下睡覺 晚 平常

Cécile

我都早睡早起。

Moi, je me couche tôt et

我 我 使自己 躺下睡覺 早 和

je me lève tôt.

我 使自己 起床 早

Attention ＊學習重點看這裡！

使用代名詞談論自己的行為

代名詞也要根據主詞改變形態

主詞 主詞	+	代名詞 使自己	+	動詞 做～	=	主詞做～

	主詞＋代名詞		主詞＋代名詞
我	je me	我們	nous nous
你	tu te	你們／您	vous vous
他／她	il / elle se	他們／她們	ils / elles se

此文法大多用來表達起床、就寢、化妝等日常生活中的行動，結構為在主詞與動詞之間加入意思為「使自己、對自己」的代名詞。代名詞要根據主詞改變形態。如圖解所示，如果主詞是je（我），代名詞即為me（對我本身），在後面接動詞。

直譯：使自己起來➡意義：起床

se lever

直譯：為自己化妝➡意義：化妝

se maquiller

＊上述例子使用動詞原形，因此代名詞選擇意指他／她、他們／她們的（se）

exemples ✽基本例句

我11點就寢。

直譯為「我使自己躺下睡覺」

Je me couche à onze heures.

我　使自己　躺下睡覺　在　11　陰時刻

他在休息。

Il se repose.

他　使自己　休息

她們在化妝。

Elles se maquillent.

她們　為自己　化妝

以下是表示日常動作的動詞。

睡醒	se réveiller
起床	se lever
就寢	se coucher
刮鬍子	se raser

化妝	se maquiller
洗澡	se laver
穿衣	s'habiller
脫衣	se déshabiller

主詞是je（我）時，要把se改成me！

這一課學到的說法，也可以用來報上名字或詢問他人的名字。讓我們看看下一段會話。

向初次見面的對象請教名字。

Pierre

請問怎麼稱呼您？

Vous vous appelez comment ?

Vous	vous	appelez	comment
您	對自己	稱呼	怎麼樣的

Sophie

我叫蘇菲。很高興見到您！

Je m'appelle Sophie. Enchantée !

Je	m'	appelle	Sophie.	Enchantée !
我	對自己	稱呼	蘇菲	很高興見到您

Attention ✽學習重點看這裡！

名字的說法、問法

報上名字

主詞 ＋ **代名詞** 對自己 ＋ **動詞appeler** 稱呼 ＋ **名字**

詢問名字

主詞 ＋ **代名詞** 對自己 ＋ **動詞appeler** 稱呼 ＋ **comment**（怎麼樣的）

把名字部分替換為疑問詞「怎麼樣的」

s'appeler（說自己名字、名叫～）的動詞變化

在說出自己名字或詢問他人名字時，在主詞後接代名詞「對自己」的寫法，有著「稱呼自己」⇒「我名叫～」的意思。在動詞後面接名字，是與「起床」和「休息」的差異之處。句型中的使用意義為「稱呼～」的動詞 appeler。讓我們看看表格中配合主詞產生的動詞變化。

	主詞＋代名詞＋appeler的變化		主詞＋代名詞＋appeler的變化
我的名字叫～	je m'appelle～	我們的名字叫～	nous nous appelons～
你的名字叫～	tu t'appelles～	你們的名字叫～／您的名字叫～	vous vous appelez
他／她的名字叫～	il / elle s'appelle～	他們／她們的名字叫～	ils / elles s' appellent～

exemples ✽基本例句

她叫什麼名字？

Elle s'appelle comment ?

她　對自己　稱呼　怎麼樣的

她叫瑪莉。

Elle s'appelle Marie.

她　對自己　稱呼　瑪莉

練習題

1 將下列法語改寫為祈使句。

1 **我們打網球。** **來打網球吧 ！**

Nous faisons du tennis. ________________

2 **你來吃飯。** **來吃飯 ！**

Tu viens manger. ________________

2 將下列法語現在式改寫成不久之後的未來、不久之前的過去形式。

1 **去看場電影如何？**

On va au cinéma ? ➡ ________________

2 **他們出發前往美國。**

Ils partent pour les États-Unis.

➡ ________________

3 以法語寫出下列句子。

1 **我要休息。**

____

2 **你叫什麼名字？**

____

解答

1 **1** Faisons du tennis ! **2** Viens manger ! 2 **1** On va aller au cinéma ? **2** Ils viennent de partir pour les États-Unis.

3 **1** Je me repose. **2** Tu t'appelles comment ?

動詞變化表・常用單字表

增加認識的單字量，有助於讓談話溝通的內容更加豐富。此章列出的動詞變化表與常用單字表，是達成這個目標的一大推手。大家可以播放MP3音檔，透過聽力來幫助記憶。

動詞變化表

動詞依照字尾分成三種類型，我們先前接觸了各種類型的變化，但實際上還有許多不規則的動詞變化。在這個單元，讓我們來看看常用動詞變化的歸納表。

＊主詞il和elle、ils和elles的變化相同，因此音檔並未另外收錄elle和elles的變化。

第二類動詞 此類動詞有2個詞幹。動詞去掉字尾的部分即為詞幹，①je、tu、il／elle詞幹相同；②nous、vous、ils／elles詞幹相同。字尾為je→-s，tu→-s，il／elle→-t，nous→-ons，vous→-ez，ils／elles→-ent。

partir（出發）	
je pars	nous partons
tu pars	vous partez
il part	ils partent
elle part	elles partent

sortir（外出）	
je sors	nous sortons
tu sors	vous sortez
il sort	ils sortent
elle sort	elles sortent

dormir（睡覺）	
je dors	nous dormons
tu dors	vous dormez
il dort	ils dorment
elle dort	elles dorment

finir（結束）	
je finis	nous finissons
tu finis	vous finissez
il finit	ils finissent
elle finit	elles finissent

lire（閱讀）	
je lis	nous lisons
tu lis	vous lisez
il lit	ils lisent
elle lit	elles lisent

faire（做）	
je fais	nous faisons
tu fais	vous faites
il fait	ils font
elle fait	elles font

dire（說）	
je dis	nous disons
tu dis	vous dites
il dit	ils disent
elle dit	elles disent

第150頁右下介紹的faire在主詞為vous與ils／elles時、dire在主詞為vous時，詞幹和字尾都出現例外變化

第三類動詞 此類動詞有3個詞幹。動詞去掉字尾的部分即為詞幹，共分成三種：①je、tu、il／elle的詞幹；②nous、vous的詞幹；③ ils／elles的詞幹。字尾為je→-s，tu→-s，il／elle→-t，nous→-ons，vous→-ez、ils／elles→-ent。

venir（來）	
je viens	nous venons
tu viens	vous venez
il vient	ils viennent
elle vient	elles viennent

boire（喝）	
je bois	nous buvons
tu bois	vous buvez
il boit	ils boivent
elle boit	elles boivent

vouloir（想要～）	
je veux	nous voulons
tu veux	vous voulez
il veut	ils veulent
elle veut	elles veulent

pouvoir（可以～）	
je peux	nous pouvons
tu peux	vous pouvez
il peut	ils peuvent
elle peut	elles peuvent

prendre（取得）	
je prends	nous prenons
tu prends	vous prenez
il prend	ils prennent
elle prend	elles prennent

vouloir在主詞為je、tu時字尾變化成-x，prendre在主詞為il／elle時不加字尾

第一類動詞

從原形動詞去掉-er，即為此類動詞的單一詞幹。
字尾為je→-e，tu→-es，il／elle→-e，nous→-ons，vous→-ez，ils／elles→-ent

aimer（喜愛）	
j'aime	nous aimons
tu aimes	vous aimez
il aime	ils aiment
elle aime	elles aiment

habiter（居住）	
j'habite	nous habitons
tu habites	vous habitez
il habite	ils habitent
elle habite	elles habitent

parler（說話）	
je parle	nous parlons
tu parles	vous parlez
il parle	ils parlent
elle parle	elles parlent

regarder（看）	
je regarde	nous regardons
tu regardes	vous regardez
il regarde	ils regardent
elle regarde	elles regardent

travailler（工作）	
je travaille	nous travaillons
tu travailles	vous travaillez
il travaille	ils travaillent
elle travaille	elles travaillent

s'appeler（說出名字）	
je m'appelle	nous nous appelons
tu t'appelles	vous vous appelez
il s'appelle	ils s'appellent
elle s'appelle	elles s'appellent

se lever（起床）	
je me lève	nous nous levons
tu te lèves	vous vous levez
il se lève	ils se lèvent
elle se lève	elles se lèvent

s'appeler及se lever加上代表「對自己」的代名詞，形成「自己對自己做○○行動」的意思

commencer（開始）	
je commence	nous commençons
tu commences	vous commencez
il commence	ils commencent
elle commence	elles commencent

manger（吃）	
je mange	nous mangeons
tu manges	vous mangez
il mange	ils mangent
elle mange	elles mangent

préférer（更喜歡）	
je préfère	nous préférons
tu préfères	vous préférez
il préfère	ils préfèrent
elle préfère	elles préfèrent

commencer、manger只有在nous當主詞時詞幹為commenç-、mange-；préférer在主詞為nous、vous時詞幹為préfér-（其他情況為préfèr-）

不規則動詞 不區分詞幹、字尾，呈不規則變化的動詞，必須直接默背。

être（是～）	
je suis	nous sommes
tu es	vous êtes
il est	ils sont
elle est	elles sont

aller和avoir的動詞變化類似，邊發音邊背十分有效。另外，要留意聯誦及連音

avoir（有）	
j'ai	nous avons
tu as	vous avez
il a	ils ont
elle a	elles ont

aller（去）	
je vais	nous allons
tu vas	vous allez
il va	ils vont
elle va	elles vont

常用單字表

以下列表依法語字母順序整理了在本書中出現過的重要單字。形容詞及名詞的陰性形，都會像 grand (e) 或 acteur, actrice 這樣以（ ）或「,」一併記入。另外，p.150 ～ 153 動詞變化表內記載的動詞，會加上➡活 標示。

A

à	前	在～、往～	
acteur, actrice	名	演員	
adresse	陰	地址	
âge	陽	年齡	
aider	動	幫助	
aimer	動	喜歡、愛	➡活
Allemagne	陰	德國	
allemand(e)	形	德國(人)的	
aller	動	去	➡活
américain(e)	形	美國(人)的	
ami(e)	名	朋友	
an	陽	年	
anglais	陽	英語	
anglais(e)	形	英國(人)的	
Angleterre	陰	英國	
année	陰	年	
août	陽	8月	
après-midi	陽	下午	
arriver	動	抵達	
aujourd'hui	副	今天	
aussi	副	也～	
automne	陽	秋天	
avec	前	和～一起	
avocat(e)	名	律師	
avoir	動	有	➡活
avril	陽	4月	

B

bague	陰	戒指	
beau, bel, belle	形	美麗	
beige	形	米色的	
bibliothèque	陰	圖書館	
bien	副	很好	
bière	陰	啤酒	
blanc(he)	形	白色的	
bleu(e)	形	藍色的	
boire	動	喝	➡活
boisson	陰	飲料	
bon(ne)	形	好	
bottes	複	靴子	
boulangerie	陰	麵包店	
bracelet	陽	手鍊	
bureau	陽	辦公室、桌子	

C

café	陽	咖啡廳、咖啡	
Canada	陽	加拿大	
canadien(ne)	形	加拿大(人)的	
ce	代	這是、那是	

單字	詞性	中文	
ce, cet, cette	形	這個、那個	
chanteur, chanteuse	名	歌手	
chapeau	陽	帽子	
chaud	陽	炎熱	
chaussettes	複	襪子	
chaussure	陰	鞋子	
chemisier	陽	（女用）罩衫	
cheval	陽	馬	
chez	前	（到）～那裡	
chemise	陰	（男用）襯衫	
Chine	陰	中國	
chinois(e)	形	中國（人）的	
combien	疑	多少	
comme	前	像～	
commencer	動	開始	→活
comment	疑	怎麼樣的	
content(e)	形	高興	
Corée	陰	韓國	
coréen(ne)	形	韓國（人）的	
costume	陽	西裝	
coûter	動	要價～	
croissant	陽	牛角麵包	
cuisiner	動	烹飪	

D

單字	詞性	中文	
dans	前	在～裡面	
danser	動	跳舞	
de	前	～的、從～	
décembre	陽	12月	
déjà	副	已經	
déjeuner	動	吃午餐	
demain	副	明天	
demi(e)	形	一半的	
désolé(e)	形	抱歉的	
dessous	陽	下面	
dessus	陽	上面	
dimanche	陽	星期日	
dire	動	說	→活
dommage	陽	可惜的事	
dormir	動	睡覺	→活
doux, douce	形	甜美、溫暖的	

E

單字	詞性	中文	
eau	陰	水	
école	陰	學校	
écouter	動	聽	
en	前	在～、在～裡面	
en général	句	通常	
en retard	句	延遲	
enchanté(e)	形	感到榮幸	
enfant	名	孩子	
ensemble	副	一起	
entrer	動	進入	
escarpins	複	包鞋	
Espagne	陰	西班牙	
espagnol(e)	形	西班牙（人）的	
essayer	動	嘗試	

et	接	而且	
étage	陽	樓層	
États-Unis	複	美國	
été	陽	夏天	
être	動	是～	➜活
étudiant(e)	名	學生	
étudier	動	學習	
euro	陽	歐元	

F

faim	陰	飢餓感	
faire	動	做、製作	➜活
falloir	動	必須做～	
famille	陰	家人	
férié(e)	形	節日的	
fête	陰	慶典、派對	
février	陽	2月	
fille	陰	女兒、女孩	
film	陽	電影	
fils	陽	兒子	
finir	動	結束、完成	➜活
fois	陰	次	
football	陽	足球	
frais, fraîche	形	涼爽、新鮮的	
français	陽	法語	
français(e)	形	法國（人）的	
France	陰	法國	
frère	陽	兄、弟	
froid	陽	寒冷	
fromage	陽	起司	

G

gare	陰	火車站	
gâteau	陽	蛋糕、糕餅	
gentil(le)	形	親切的	
goûter	動	品嚐	
grand(e)	形	高大、個子高	
gris(e)	形	灰色的	

H

habiter	動	居住	➜活
heure	陰	時間、時刻	
heureux, heureuse	形	幸福的	
hier	副	昨天	
hiver	陽	冬天	
hôpital	陽	醫院	
hôtel	陽	旅館	

I

idée	陰	主意、想法	
important(e)	形	重要的	
Italie	陰	義大利	
italien(ne)	形	義大利（人）的	

J

janvier	陽	1月	
Japon	陽	日本	
japonais(e)	形	日本（人）的	
jardin	陽	花園	

jaune	形	黃色的	
jeudi	陽	星期四	
joli(e)	形	漂亮的	
jour	陽	白天、日子	
joyeux, joyeuse	形	快樂的	
juillet	陽	7月	
juin	陽	6月	
jupe	陰	裙子	
juste	副	僅僅	

L

lait	陽	牛奶	
langue	陰	語言	
légume	陽	蔬菜	
librairie	陰	書店	
lire	動	閱讀	→活
lundi	陽	星期一	

M

madame	陰	太太、夫人	
magasin	陽	商店	
mai	陽	5月	
maintenant	副	現在	
maison	陰	住家	
manger	動	吃	→活
manteau	陽	大衣	
marché	陽	市場	
mardi	陽	星期二	
mars	陽	3月	
matin	陽	早晨	
matinée	陰	上午	
mauvais(e)	形	糟糕的	
médecin	陽	醫生	
mercredi	陽	星期三	
mère	陰	母親	
midi	陽	正午、中午12點	
minuit	陽	午夜、凌晨12點	
minute	陰	分鐘	
moins	副	比～更少	
mois	陽	月	
montre	陰	手錶	
montrer	動	出示	
musique	陰	音樂	

N

nager	動	游泳	
natation	陰	游泳	
neiger	動	下雪	
noir(e)	形	黑色的	
nom	陽	名字	
nord	陽	北	
nouveau, nouvel, nouvelle	形	新的	
novembre	陽	11月	
nuage	陽	雲	
nuit	陰	夜晚	

O

octobre	陽	10月	
œuf	陽	蛋	

opéra	陽	歌劇	
où	疑	哪裡	

P

pantalon	陽	長褲	
par	前	每～	
parents	複	雙親	
parisien(ne)	形	巴黎人的	
parler	動	說話	➡活
partir	動	出發	➡活
pâtes	複	麵食	
pâtissier, pâtissière	名	西點師傅	
pays	陽	國家	
père	陽	父親	
petit(e)	形	小的	
peur	陰	害怕	
photo	陰	照片	
pleuvoir	動	下雨	
pluie	陰	雨	
plutôt	副	寧可	
poisson	陽	魚	
poli(e)	形	客氣的	
pomme	陰	蘋果	
pomme de terre	句	馬鈴薯	
portable	陽	手機	
pouvoir	動	可以～	➡活
préféré(e)	形	偏好的	
préférer	動	更喜歡	➡活
premier, première	形	第一的	
prendre	動	取得、吃、喝、搭乘	➡活
printemps	陽	春天	
pris(e)	形	有事要做	
prochain(e)	形	下一個	
professeur	名	教師	

Q

quand	疑	幾時	
quart	陽	四分之一、15分	
quel(le)	疑	哪種	
qui	疑	誰	
quoi	疑	什麼	

R

regarder	動	看	➡活
rendez-vous	陽	約會	
rentrer	動	回去	
restaurant	陽	餐廳	
rester	動	留下	
robe	陰	連身裙、洋裝	
rouge	形	紅色的	
rue	陰	街	

S

sac	陽	皮包	
saison	陰	季節	
samedi	陽	星期六	
s'appeler	動	名叫～	➡活

se coucher	動	就寢	
se laver	動	洗澡	
se lever	動	起床	➡活
se maquiller	動	化妝	
se reposer	動	休息	
se réveiller	動	睡醒	
semaine	陰	星期	
septembre	陽	9月	
s'habiller	動	穿衣	
shopping	陽	購物	
sœur	陰	姊姊、妹妹	
soif	陰	口渴	
soir	陽	晚上	
solde	陽	特價	
sommeil	陽	睡意	
sommelier	陽	侍酒師	
sortir	動	外出	➡活
sport	陽	運動	
sportif, sportive	形	擅長運動的	
supermarché	陽	超級市場	
sur	前	在～之上	
sympathique	形	友善的	

T

taille	陰	尺寸	
tard	副	遲、晚	
temps	陽	天氣、時間	
thé	陽	茶	
toilettes	複	廁所	
tôt	副	早	
tout de suite	句	立刻	
train	陽	火車	
travailler	動	工作	➡活
triste	形	悲傷	

U

un peu	句	一點點	

V

vendredi	陽	星期五	
venir	動	來	➡活
vert(e)	形	綠色的	
veste	陰	夾克	
viande	陰	肉	
vieux, vieil, vieille	形	老舊	
vin	陽	酒	
voilà	副	～在那裡，好了	
voir	動	看、見面	
vouloir	動	想要	➡活
voyager	動	旅行	
vrai(e)	形	真正的	

●作者

中田俊介

東京外國語大學法語學系畢業。艾克斯馬賽大學研究所課程修畢。東京外國語大學研究所博士後期課程取得學分後退學。曾任埼玉大學研究所、東京外國語大學兼任講師，現擔任國際教養大學講師。主要著作有《ゼロから始める 書き込み式フランス語BOOK》（成美堂出版）、《きれいに話せる　ひとりで学べる　はじめましてフランス語》、《きれいに話せる　ひとりで学べる　はじめましてフランス語〈基本文法〉》（ジャパンタイムズ）等。

●日文版 STAFF

編輯・製作協力	株式会社エディポック
法語校對	Florent Domenach
設計	大山真葵（ごぼうデザイン事務所）
正文插畫	藤井アキヒト
法語錄音	Christian Bouthier Léna Giunta

超分解每天都用得到的法語會話

2017年8月1日初版第一刷發行

作　　者	中田俊介
審　　訂	潘貞璇
譯　　者	鄭翠婷
編　　輯	曾羽辰
發 行 人	齋木祥行
發 行 所	台灣東販股份有限公司 ＜地址＞台北市南京東路4段130號2F-1 ＜電話＞（02）2577-8878 ＜傳真＞（02）2577-8896 ＜網址＞ http://www.tohan.com.tw
郵撥帳號	1405049-4
法律顧問	蕭雄淋律師
總 經 銷	聯合發行股份有限公司 ＜電話＞（02）2917-8022
香港總代理	萬里機構出版有限公司 ＜電話＞ 2564-7511 ＜傳真＞ 2565-5539

國家圖書館出版品預行編目資料

超分解每天都用得到的法語會話 / 中田俊介著 ; 鄭翠婷譯. -- 初版. -- 臺北市 : 臺灣東販, 2017.08
160面 ; 14.8×21公分
ISBN 978-986-475-424-3

1.法語 2.會話

804.588　　106010959